The Womanizer

Geheime Fantasien

Nur wer wagt, der gewinnt

AF191380

The Womanizer

Geheime Fantasien

Nur wer wagt, der gewinnt

Bibliografische Informationen der Deutschen Nationalbibliothek
Die Deutsche Nationalbibliothek verzeichnet diese Publikation in der
Deutschen Nationalbibliografie; detaillierte bibliografische Daten sind
im Internet über dnb.dnb.de abrufbar.

Printed in Germany

ISBN 978-3-7568-1272-1

Herstellung und Verlag: BoD – Books on Demand, Norderstedt

Geheime Fantasien

Nur wer wagt, der gewinnt

The Womanizer

Inhaltsverzeichnis

Intro

Geheimste Fantasien sind nicht nur geheim, sondern auch geil! Denn sie offenbaren die tiefen Wünsche und verborgenen Sehnsüchte. Besonders sexuell kann das sehr spannend sein. Meine Ex-Frau Andrea hatte eine lesbische Ader, die sie zum einen mit Lena, zum anderen mit unserer bildhübschen, jungen Nachbarin Clara Louisemarie auslebte. Ich durfte sogar dabei sein und erlebte geile Dreier! Nicolina war trotz bestehender Partnerschaft verschossen in mich und filmte mich heimlich. Ich kam ihr auf die Schlichte und setzte sie unter gewaltigen Druck, der schließlich uns beiden nur Schönes brachte.

Apropos Andrea: Es ist aus, es ist vorbei! Ich habe mich von meiner langjährigen Gattin getrennt und bin ausgezogen. Der Grund heißt Anja und ist über 20 Jahre jünger, geiler, schöner und williger. So glücklich ich mit Anja auch bin, Treue ist nach wie vor nicht mein 2. Vorname. So genoss ich heiße Sexspiele mit ihrer besten Freundin Adriane. Luxus-Lisl war eine Geschäftsfrau, aber auch sexuell auf der Höhe. Bei einem Millionen-Deal kaufte sie mich gleich mit.

Courtney und ich waren jung, Studentenzeit. Ich wollte sie, doch sie war unerreichbar. Ich wandte Trick 17 an. So bekam ich sie und machte sie gefügig. Wer als Mann noch nie bei einer professionellen Erotikmassage war, verpasst einiges. Vor allem Happy Ends. Ich bin Stammgast und liebe es, die Neulinge auszuprobieren, wie sie entweder schamhaftig verlegen oder geil versaut ihre Arbeit und mich happy machen.

Mein ehemaliger Robinson-Kollege Uli war kein Frauenschwarm, zu schüchtern war er. Ich half nach und organisierte ihm ein heißes Erlebnis mit Jane. Dafür organisierte sich Jane ein heißes Erlebnis mit mir. Ja, so ist das Leben. Letzten Endes sind wir Männer nur triebgesteuerte Jäger und Sammler. So kam es, dass ich mich in Cornelia (Conny) verliebte. Sie musste ich haben! Aber das war mehr als nur Sex: Ich verliebte mich in sie. Auf der einen Seite nun meine Anja, auf der anderen Conny, die 650 km entfernt wohnt. Zweigleisig geht langfristig schief, ich muss mich entscheiden. Schwierig, schwierig …

Wie du mir, so ich dir

Der Auszug bei meiner Ex-Frau Andrea und der Einzug in mein neues Zuhause mit Anja waren viel Arbeit. Bei dieser Gelegenheit sichtete ich die Inhalte meiner Kellerkisten – dabei stieß ich auf brisantes Videomaterial und heiße Erinnerungen an Nicolina. Ich war 22 Lenze geil und im Rahmen meines Studiums für 4 Monate im Ausland. An der Uni Rom lernte ich die Sprache Italiens sowie mein TV-Handwerk weiter. Ich wohnte bei Familie Pedersoli. Carlo war ein mächtiger Rechtsanwalt, Noelia Ex-Model, nun Immobilienmaklerin.

Sie wohnten in einem Wahnsinnshaus am Rande der City, mit allem Luxus. Ihr Sohn Mario war so alt wie ich und ausgezogen, studierte Rechtswissenschaften. Tochter Nicolina war 21 und studierte Musik. Sie zählte schon damals zu den besten Pianistinnen Italiens. Ein Flügel von unschätzbarem Wert dekoriere das Musikzimmer. Das Haus war zu groß für eine dreiköpfige Familie, daher durften auch 2 Hunde hier mitleben.

Nicolina war eine Hammerbraut. Gut erzogen, hübsch, edel. Sie behielt immer Contenance. Sie sah aus wie die junge Paris Hilton, genau mein Typ Frau. Doch sie war unerreichbar für mich, da sie mit Fabien verkehrte. Der Sohnemann des Konservatoriumchefs der Musikuniversität war ein ebenso begnadeter Pianist wie Nicolina. Beide traten häufig als Duo an 2 Flügeln auf. Fabien war knapp 25 und optisch ein junger Rex Gildo in modern. Gut sah er aus, muss ich zugeben. Ich lebte in Marios altem Reich. 2 Zimmer im 3. Stock der Villa.

Im selben Stock lebte Nicolina auf 2 Zimmern. Wir teilten uns 1 Bad. Dazu durfte ich das ganze Resthaus nutzen. Ich verstand mich mit Noelia sowie Carlo prima, sie waren so nett wie meine Eltern zu mir, sahen mich als ihr 3. Kind an. Italien hat wunderschöne Mädels zu bieten. An der Uni lernte ich täglich neue kennen. Und lieben. Der junge Womanizer war schon damals ein Collector. Wöchentlich schleppte ich neue Girls ab und vergnügte mich mit ihnen in meinem Reich. Da Ehepaar Pedersoli kaum zuhause war, war es ihnen egal, solange nichts kaputt ging und ich kein asoziales Pack mitbrachte.

Nicolina bekam von meinen wechselnden Mädels eine Menge mit. Sie hielt sich zurück und ersparte sich blöde Kommentare. Sie wusste, dass ich auf sie stand, ich hatte mein Glück bereits bei ihr probiert. Bei meiner ersten Anmache erzählte sie mir von ihrer Liaison mit Fabien und machte mir klar, dass sie ihm nie fremdgehen werde. „Ich liebe Fabien. Habe Respekt und akzeptiere, dass ich vergeben bin." Mir egal, dachte ich, ich habe genügend andere Mädels zum Vögeln. Trotzdem wich Nicolina nie aus meinem Kopf. Ich träumte von Sex mit ihr. Niemals sah ich sie nackt oder zu leicht bekleidet. Sie war immer schick angezogen, auch sexy, denn ihr Körper formte die Kleidung sehr attraktiv. Ihre Röcke zeigten ihre schönen Beine, ihre Blusen ihre schicken Brüste.

Eines Nachmittags, als ich früher nach Hause kam, erwischte ich sie, wie sie aus meinem Zimmer kam. „Was hast Du in meinem Zimmer gemacht?", fragte ich. „Nichts", stammelte Nico verlegen, „nur Deine Heizung abgelesen, für die Meldung ans Amt." Da sie weder Stift noch Zettel dabei hatte, musste sie über ein exzellentes Gedächtnis verfügen.

Rasch verschwand sie in ihren Wänden. Kam mir seltsam vor. Ich lebte und vögelte fleißig weiter. Dann: Ich lag erschöpft vom Studientag im Bett und schaute an die Decke, dachte zuerst an nichts, dann an Francine, meine aktuellste Gespielin. Die Kleine konnte echt gut blasen, ließ sich aber auch in allen Stellungen vögeln. Sie war Zirkusartistin, extrem gelenkig. Da schimmerte mich irgendetwas aus dem großen, über mir hängenden Kronleuchter anders als gewohnt an. Kein heller, ein dunkler Strahl. Ich wurde aufmerksam. Schaute genau hin, doch der Leuchter war zu hoch.

Vielleicht eine Fliege. Die Entdeckung ließ mich nicht los. 2 Tage später musste ich es wissen, da diese neuartige Nuance immer noch da war. Ich wurde zum Detektiv. Als ich eine winzig kleine Kameralinse im Kronleuchter sah, traf es mich hart. Ich wurde ausspioniert! Es war ultrateures Equipment, sehr klein, kaum wahrnehmbar. Ein knopfgroßes Teil, das mich über die Linse beobachtete. Frechheit! Aus dieser Position sah man alles, mein Sexleben war nichts mehr nur meines. Es konnten nur die Eltern Pedersoli sein, die mich beobachteten.

Oder … Nicolina! Ich musste es herausfinden. Ich wollte Carlo fragen, doch ein Gespräch mit Nicolina zuvor brachte Klarheit: Sie war es! Sie verriet sich. Ihr Blick und Wortlaut waren klar und verräterisch. Ich erzählte Nico ausführlich von meiner Zirkusverbiegerin, da sie: „Ein Spagat macht auch nicht alles besser." „Eben doch", wollte ich sagen, da wurde mir klar, dass sie unseren letzten Sex gesehen haben muss, denn da spagattierte Francine in verschiedenen Positionen, während ich sie und sie mich fickte. Nach einer schlaflosen Nacht entschloss ich mich, alles auf eine Karte zu setzen.

Abends, nur Nico und ich waren da, stürmte ich in ihr Zimmer. Ich klopfte nicht an. Sie lag halbnackt auf ihrem Bett und erschrak. In BH und Slip bedeckte sie sich schneller als The Flash und schrie mich an, was ich hier zu suchen habe. „Nicolina, wir müssen reden, wir haben ein Problem", starrte ich sie an. „Du bist das Problem, Du", kniff sie. „Erstmal raus hier, ich muss mich anziehen." Ich drehte mich um, aber ging nicht. Wütend zog sie sich etwas über. „Was gibt's so Wichtiges?", verschränkte Nico die Arme. Ich setzte alles auf eine Karte.

Entweder sie knickt ein oder ich tue ihr Unrecht – dann entschuldige ich mich natürlich. „Wieso beobachtest Du mich?" „Ich Dich?", fragte sie ratlos. „Ja, Du mich", wurde ich lauter. „Ich habe eine Spy Cam versteckt im Leuchter meines Zimmers entdeckt. Die war früher nicht da. Raus mit der Sprache!" Nicolina wurde schwitzig. Da wusste ich, sie war es! Nico versuchte, den Unschuldsengel zu spielen: „Ich weiß nicht, wovon Du redest. Hör auf zu spinnen." „Mädel, ich lasse mich nicht von Dir verarschen. Ich weiß, dass Du es warst. Entweder, Du gibst es zu, oder ich frage Deinen Vater, ob ihm diese Cam gehört.

Wenn er Nein sagt, frage ich Deine Mutter. Das kann peinlich für Dich werden und Dir eine Menge Ärger einbringen. Also, was ist Dir lieber?" „Lass meine Eltern raus", schimpfte Nico. „Nur, wenn Du zugibst, dass die Cam Dir gehört und Du sie dort befestigt hast. Sonst landet das Thema auf dem Tisch Deiner Eltern." „Frag sie, wenn Du Eier hast", motzte sie. Ich zögerte keine Sekunde und drehte um. „Nein, bitte …", stammelte die Kleine und brach auf dem Bett zusammen. Dann begann sie zu weinen. Ich hatte keine Gnade:

„Los, sag schon. Ich will die ganze Wahrheit wissen!" N weinte weiter. „Warum hast Du die Kamera in meinem Zimmer platziert? War das Deine Idee? Beobachtest Du mich? Schaust Du mir bei Sex zu? Ich will Antworten, auf der Stelle!" Nicolina atmete durch, wischte sich sauber, stand auf und ging auf mich zu. Sie wollte mich umarmen, doch ich stieß sie fort. „Nein! Ich will zuerst die Wahrheit wissen, Du Biest." „Also gut", schluckte die schnuckelige Italienerin, „ich war´s." Sie schaute mich mit ihren verweinten, hübschen Augen an. „Warum?!" „Weil ich Dich sehen wollte." „Du siehst mich doch jeden Tag." „Aber nicht so." „Wie so?" „Privat. Intim. Beim Sex. So, wie Du in echt bist." „Das ist bösartige Verfolgung und ein tiefschneidender Eingriff in meine Intimsphäre. Das ist kriminell", ermahnte ich sie. „Wenn das Dein Vater wüsste. Als Anwalt wird er mir bestätigen, dass Du Dich strafbar gemacht hast, vor allem nach diesem Geständnis." „Lass meinen Dad aus dem Spiel, das hast Du mir versprochen. Das klären wir beide."

„Dann erkläre Dich", forderte ich sie auf, die komplette Wahrheit zu präsentieren. „Naja, ich mag Dich. Ich mag Dich sehr. Schon von Anfang an, seitdem Du da bist. Du bist ein toller Mann. Aber Du bist unerreichbar, da ich vergeben bin." „Na und?", ging ich dazwischen. „Das gibt Dir kein Recht, in meine Privatsphäre einzubrechen und mich zu beobachten. Oder gar zu filmen." Ich schaute sie durchdringend an, bis sie wegblickte. „Hast Du mich etwa gefilmt?" Nico begann wieder zu weinen. „Schluss mit dem Zerbrechlichen-Mädchen-Spiel! Pack aus, sonst werde ich ungut!" „Ja, ich habe ein paar Sachen aufgenommen." „Lass sehen!" „Ich lösche sie." „Nein, ich will sehen, was Du gesehen hast." N hatte keine Wahl. Sie öffnete den Laptop und klickte durch. Dann entdeckte ich einen Ordner, der meinen Namen darstellte. „Aufmachen", befahl ich. 6 Dateien öffneten sich. Video 1: Ich sah mir zu, wie ich halbnackt trainierte. Nur mit Sportshort bekleidet, machte ich Liegestütze, Sit-ups und Hanteltraining. Gut sah ich aus, verdammt. Es war nichts Verwerfliches dabei. Nur ich als erotisch Trainierender. Dafür war Video 2 umso heftiger: Ich hatte Sex mit der Zirkusverbiegerin. Das Video dauerte 47 Minuten. Alles war gut zu sehen.

Unser Vorspiel, wie ich sie leckte, sie mich blies, wie ich sie im Spagat in verschiedenen Stellungen penetrierte. Dann, wie ich in ihr kam, als sie breitbeinigst auf mir ritt. Auch das kuschelnde Nachspiel war on air. Video 3 zeigte mich masturbierend. Ich lag im Bett und holte mir einen runter. Samenerguss inklusive. Video 4: Mein erster Sex mit Francine. Ich leckte sie zu 3 Orgasmen, wir machten 69, sie blies mich Stehenden kniend zum Höhepunkt. Meinen Samen schüttete sie sich wichsend auf ihre formschönen Brüste. Video 5: Ich trieb es mit Gabriela, einem One Night Stand der schönsten Sorte.

Sie sah aus wie Nicolinas imaginäre Schwester, die beiden ähnelten sich optisch sehr. Gabriela hatte zwar einen festen Freund, doch 1 Nacht mit mir wollte sie dennoch. Bekam sie. Die Blondine war verrucht und mit 22 schon eine sehr erfahrene Sexistin. Sie brachte mich in 45 Minuten dreimal zum Orgasmus. Das erste Mal nach 2-minütigem Ritt. Ich musste kommen, so gut konnte sie es. Das zweite Mal fickte ich sie Doggy und spritzte ihren Po voll. Das dritte Mal blies sie mich königlich zu Ende.

Sie ließ die ersten Spritzer hoch hinaus, dann schluckte sie alles. Video 6: Mein Sex mit Sportlerin Mariella. Die Volleyballerin war einen halben Kopf größer als ich, doch im Bett dominierte ich sie. Ihr langer, schlanker, trainierter Körper wurde von mir von oben bis unten verwöhnt. Ich schenkte ihr mehrere Orgasmen, einige leckend, andere klitorisreibend. Mariella war eine Laut- und eine Intensivkommerin, was für die Qualität meiner Arbeit sprach. Ich kam zweimal an diesem Abend: In ihr als Löffelchen und in ihr als Köter.

Soso, die unschuldige Nicolina hatte mich also heimlich beobachtet und gefilmt in meinen intimsten Momenten. Während ich die Videos checkte, verhielt sie sich still. Verloren hatte sie bereits, also wenigstens mit Contenance. Mit einem Steifen in der Hose drehte ich mich zu ihr: „Nico, Nico. Du bist mir ja ein Flittchen. Unglaublich, welch schmutziges Mädchen hinter der edlen Fassade steckt. Filmt mich beim Sex. Unfassbar! Das das wird Konsequenzen haben. Ich muss Deine Eltern informieren, das gehört bestraft." „Bitte", schmiss sie sich mir zu Füßen, „bitte verzeihe mir." Sie umarmte meine Beine.

„Verpfeif mich nicht. Mein Daddy würde mich rausschmeißen." „Verdient hättest Du es. Ich kann das alles nicht ungesühnt lassen, Nicolina. Du bist mir etwas schuldig." „Was kann ich tun, damit Du mir vergibst? Willst Du Geld? Ich habe viel Geld." „Geld interessiert mich nicht, Babe. Aber ... Du kannst Deine Schuld abbauen, indem Du sechsmal mir gehörst." Pause. „Wie meinst Du das?" „Du hast Dich mit jedem Video schuldig gemacht. Wie oft Du mich sonst noch beobachtet hast, weiß ich nicht. Es stehen aber 6 Videos gegen Dich. Die kannst Du nicht wegleugnen. Wenn Du sechsmal Sex mit mir hast, vergebe ich Dir und wir sind quitt." „Das kann ich nicht, ich bin vergeben. Ich werde Fabien nicht betrügen." „Dann werde ich Fabien von Deinen Videoaktivitäten erzählen. Der wird sich wundern. Die Beweise existieren. Die sichere ich auf einen Stick." „Nicht!", weinte Nicolina erneut los. „Dann musst Du halt Sex mit mir haben." „Kann ich aber nicht. Oh Mann! Gibt es noch eine andere Möglichkeit, damit Du mir doch vergibst?" „Ja", überlegte ich. Du hast mich sechsmal beim Sex gefilmt, dann filme ich Dich sechsmal beim Sex. Wir installieren die Spy Cam an Deiner Lampe. Und Du hast Sex mit Fabien.

So bekomme ich 6 Videos, damit sind wir quitt." „Sex vor laufender Kamera kann ich nicht", schüttelte Nicolina den Kopf. „Die Kamera ist unsichtbar. Du hast einfach Sex mit ihm, wie sonst. Das Ergebnis schaue ich mir an." „Ich kann nicht." „Dann werde ich Deinem Vater und Fabien von Deiner Cam-Aktion und den gedrehten Sexfilmen erzählen, wie Du meine Intimsphäre erschüttert und Dich strafbar gemacht hast.

Du wirst rausfliegen und mächtig bestraft, darauf kannst Du einen lassen. Fabien wird Schluss mit Dir machen. Armes Ding. Du wirst alles verlieren." Nico hatte keine andere Wahl. Ihr Betteln half nichts. Ihre Tränen halfen nichts. Ihr Wunsch nach Vergebung half nichts. Da musste sie nun durch. Video für Video. Schließlich stimmte sie verzweifelt dem Deal zu. Ich installierte die Cam unsichtbar in ihrer Deckenlampe und freute mich schon auf das Ergebnis. Abends darauf war Fabien da. Er blieb über Nacht. Tags darauf checkte ich die Aufnahme. Sie küssten, aber Nico blockte jeden Sexversuch ab.

Schließlich ging er vor Mitternacht, obwohl er über Nacht bleiben wollte. Ich stellte Nico zur Rede. „Ich konnte es nicht, ich schämte mich." „Du musst es tun, Süße, sonst weiß davon die ganze Welt." Fabien kam am Abend wieder, tags darauf prüfte ich das Material. Tatsächlich hatten sie Sex, aber anders als erwartet. Nico blieb die ganze Zeit zugedeckt. Sie achtete darauf, dass die Decke ihren nackten Körper verhüllte. Sie lag da und ließ sich bumsen. Immer wieder schaute sie hilflos in die Cam und diskutierte mit dem unzufriedenen F, der mit der Art und Weise dieses Sexes nicht zufrieden war.

Auch ich war unzufrieden: „Mädel, so haben wir nicht gewettet. Das ist Betrug! Das lasse ich mir nicht bieten." „Wieso? Wir hatten Sex", grätschte Nico rein. „Aber doch nicht verdeckt!" grätschte ich zurück. „Da sieht ja nicht mal ein Blinder mit Krückstock was. So geht das nicht. Entweder, Du lässt Dir eine Lösung einfallen, Nicolina, und hältst Dich an die Spielregeln, oder ich schwöre bei Gott, dass ich Deinem Vater, Deiner Mutter und Deinem Freund die Wahrheit erzählen werde. Ich werde ihnen die Beweisvideos vorlegen. Letzte Chance, sonst ist es aus." Nicolina schluckte:

„Kann ich nicht anders meine Schuld abarbeiten?" „Wie denn?" „Ich könnte vor Dir strippen. Bis zur Unterwäsche. Gegen 1 Video." „Hm, das klingt reizvoll", grinste ich. „Einverstanden." „Heute Abend." „Nein, hier und sofort, auf der Stelle, sonst lässt Du Dir eine Ausrede einfallen." Nico überlegte kurz, dann schloss sie von innen meine Tür und sperrte ab. Nein, sie öffnete wieder und verschwand. Rückzieher? Nein, ich hörte das Wasser laufen im Badezimmer. Ich vertraute ihr. Sie machte sich frisch. Verheult wollte sie keiner sehen.

5 Minuten später kam sie sexy zurück. Schloss meine Tür und sperrte ab. „Was hast Du mit der Videokamera vor?", fragte sie mich. „Video gegen Video. Da musst Du durch. Gleiches Recht für alle." Nico wusste, dass ich im Recht war. Ich ließ Musik laufen und setzte mich aufs Bett. Nicolina wurde zur Stripperin. Langsam zog sie sich ihren Strickpullover aus, dann ihre Bluse. Dabei hielt sie Blickkontakt mit mir. Nun die Socken. Als ihr Rock fiel, wurde es mir richtig heiß. Sie sah so schön aus!

13

Ein hellblauer BH präsentierte und verdeckte ihre Brüste, der hellblaue Stoff unten präsentierte und verdeckte ihren Intimbereich. So drehte Nico sich ein paar Mal langsam, sodass ich sie von allen Seiten beobachten und filmen konnte. Als der Song alle war, beendete sie die Show. Ich stoppte die Cam. „Gut, damit hast Du 1 Video abgearbeitet." „Wenn ich mich ganz ausziehe, streichst Du das zweite?" „Deal", nickte ich. Ich wiederholte den Song, während Nicolina erneut zu strippen begann. Langsam fiel ihr BH und offenbarte wunderschöne Brüste.

Sie waren größer als erwartet, standen sensationell. Sie hatte kleine Brustwarzen-Piercings. Wow! Es war nur noch das Höschen, das weggestrippt werden musste. Nico zog blank! Ihr Po war sensationell. Als sie sich umdrehte, landete ein Flieger auf ihrem langen, getrimmten Strich, der den Weg zum Tunnel wies. Der Song endete, sie endete. „Damit hast Du das zweite Video abgegolten. Wie geht es weiter?" „Morgen dasselbe, dann sind wieder 2 Videos erledigt." „Nein! Das ist Betrug, Nicolina. Du hast 6 unterschiedliche Szenen von mir gesehen, ich will 6 unterschiedliche Szenen von Dir sehen. Mach´s Dir doch mal selber, so wie ich. Das ist fair."

„Ich kann es mir nicht für Dich machen." „Na gut, dann mach ich es Dir. Du hast die Wahl: Entweder Du legst selbst Hand an, bis zum Orgasmus, oder ich mache das für Dich." „Ich kann beides nicht." „Dann werde ich Deinen Vater informieren. Und Fabien." „Du bist so ein Arschloch!", beschimpfte sie mich und rannte nackt mit wackelnden Pobacken aus dem Zimmer. Sie kam 20 Sekunden später zurück. Nicoli wusste, dass Weglaufen keinen Sinn ergab.

„Wir müssen uns irgendwie einigen", flehte sie mich an. Sie stand splitterfasernackt vor mir, bedeckte sich nicht einmal. „Lass uns ein bisschen knutschen", schlug ich vor. „Wenn ich Dich nicht befriedigen darf oder Du es selbst machst, dann das." Damit war sie einverstanden. Nackt näherte sie sich. Ich konnte ihren Pfefferminzatem riechen. Ich griff nach ihrem hübschen Gesicht. Ich strich ihr die Haare aus dem Gesicht. Beugte mich vor und küsste sie. Vorsichtig. Nicolina ließ es sich gefallen. Ich küsste weiter. Ihr gefiel es, sie küsste mit. Nun griff sie nach meinem Gesicht, dann nach meinem Körper, den sie umarmte.

14

Zuerst zögerlich, dann fester, enger. So spürte sie meine Lanze, die abstand und ihrem Bauch „Hallo" sagte. Ich riskierte Zunge. Ich gewann Zunge! Nico machte mit. Wir knutschten eine gefühlte Ewigkeit. Dann ließ ich behutsam von N ab, küsste ihre Stirn und öffnete unsere Augen. Nicolina strahlte verliebt. Ich strahlte glücklich. „War nicht so schlimm, oder?", lächelte ich. Ich spürte, Nico wollte weiterküssen, aber das würde den Spielregeln widerstreben. Ja, sie musste stark bleiben. „Machen wir morgen weiter, ich möchte nicht meine Goodies an 1 Tag verballern." „Ich hätte aber Lust, weiterzumachen", bettelte sie.

„Nein, morgen", küsste ich ihre Stirn und schob sie zart aus meinem Zimmer. Am nächsten Abend, wir waren allein, klopfte sie. „Komm rein", öffnete ich. „Und, wie geht es weiter mit uns?", fragte ich. „Ich hab´s mir überlegt", startete sie offen, „Du darfst mich streicheln, wenn Du es magst." Ich stand steil. „Echt?" „Ja." „Sehr gern", kam ich insgeheim. „Du musst mich davor küssen", befahl sie und hielt mir ihren Kussmund zum Küssen hin. Ich roch ihren Pfefferminzatem. Ich griff nach ihrem hübschen Gesicht. Ich beugte mich vor und küsste sie.

Sie ließ es sich gefallen. Ich küsste weiter. Nicolina gefiel es, denn sie küsste mit. Nun griff sie nach meinem Gesicht, dann nach meinem Körper, den sie umarmte. Zuerst zögerlich, dann fester, enger. So spürte sie meine Lanze, die abstand und ihrem Bauch „Hallo!" sagte. Ich riskierte Zunge. Ich gewann Zunge! N machte fröhlich mit. So knutschten wir eine gefühlte Ewigkeit. Dann trug ich Nicolina auf mein Bett und zog ihr Klamotte nach Klamotte aus, bis sie nackt wie eine Göttin auf ihrer Erbse da lag.

Dann zog ich mich bis auf meine Boxer aus und legte mich neben sie. Ich begann, Nicolina zu streicheln. Zuerst ihren Kopf, dann ihren Hals. Ihre Schultern und Arme. Sie genoss bei geschlossenen Augen und geöffnetem Mund. Als ich Nicolinas Traumbrüste berührte, ging sie ab. Tief atmete sie und entwickelte die härtesten Brustwarzen, die ich jemals gespürt habe. Ihr Bauch war trainiert und sexy. Ich umkreiste ihr Becken, um mit ihren Beinen weiterzumachen. Ich ließ mir viel Zeit bei der Streichelarie. Langsam wurde Nico unruhig und wollte in ihrem Intimbereich berührt werden.

Ich zog es hinaus, bis sie meine Hand ergriff und auf ihr Lustzentrum legte. Bitte gerne. Seitlich neben ihr liegend, erkundete ich Nicolinas Pussy. Diese war so schön wie die einer Fee. Ich fuhr den langen Schamhaarstrich entlang, über ihre Vulva, bis ich an ihrem Kitzler ankam. Diese Berührung reichte ihr, um zu explodieren. Körperlich zuckend krallte sie sich an mir fest und stöhnte mir ihren Orgasmus entgegen. Ich wusste: Die Spiele hatten gerade erst begonnen! Ruhe ließ ich ihr keine. Wer einmal kommt, kann auch öfter – so mein Motto.

Ich stimulierte Nicos Clit und spielte Tremolo mit ihren beiden stilistischen Schamlippenpaaren. Ich tauchte mit Fingern in ihre Höhle ein. Tief brummte sie. Ich fingerfickte sie slowly, aber bewusstly. Lange ging das Spiel nicht gut: Nicolina bäumte sich auf und kam erneut. Ich genoss es, diese Prinzessin durch meine Handarbeit kommen zu lassen. Als Steigerung plante ich Cunnilingus, traute mich aber nicht. Ich wollte diesen Moment nicht gefährden. Ein anderer Grund meiner Zurückhaltung war, dass mein Penis geknetet wurde. Von einer Hand, die nicht mir gehörte. Es war Nicolinas!

Ihre linke Hand hatte meine Boxer und meinen Boxer fest im Griff. Sie grabschte ihn von vorne bis hinten ab. Durch die Hose. Ihr Griff war entschieden, sie machte keine halben Sachen, sie wollte meine Männlichkeit spüren, fühlen, erkunden. Letzter Punkt wurde intensiviert, als sie durch den Hosenschlitz tauchte und ihn umfasste. Das war zu viel für mich und ich kam in Sekundenschnelle. Ich bespritzte Nicos Hand und mehr. Sie nutzte das Moment, indem sie sehr schnell wichste, um meinen Höhepunkt noch spritziger zu gestalten.

Längst waren unsere Augenpaare nicht mehr verschlossen, sondern weit aufgerissen. Als wir fertig waren, kuschelte sich die Maus auf meine Brust und wir genossen unsere Nähe. Das war Ausgleich Nummer 4. Was Nico nicht wusste: Ich hatte das Spektakel heimlich gefilmt, hatte mir eine Spy Cam gekauft und installiert, so platziert, dass nur ich wusste, wo sie war. Das Video gehört zu meinen bestgehüteten Geheimnissen und Lieblingsfilmen. Nun war der Bann gebrochen zwischen uns. Ihre Schuldpunkte 5 und 6 erließ ich ihr mit demselben Spektakel. Wir knutschten und halfen uns gegenseitig zu geilen Orgasmen.

Diesmal wichste Nico mich bewusst und genüsslich aus. Meine Samenergüsse erzeugten ihr süßestes sowie stolzestes Lächeln. Logo, dass ich auch diese beiden Sessions filmte. Nicoli machte mir klar, dass sie nun mehr von mir wollte. „Können wir neu starten? Bitte. Gib mir eine Chance." Die gab ich ihr. Täglich gingen wir einen Schritt weiter. Sie blies mich. Ich cunnilinguierte sie. Wir schliefen miteinander. Zuerst mit, dann auch ohne Gummi (Nico verhütete via Pille). Sie machte sogar Schluss mit Fabien und wurde meine Freundin. Sie wusste, dass die Zeit gegen uns arbeitete, aber das war es ihr wert.

Wir genossen jede gemeinsame Minute zusammen. Ihre Eltern mussten es hinnehmen, sie akzeptierten es, da sie sahen, wie glücklich Nicolina mit mir war. Doch dann kam das Unvermeidliche: Meine 4 Monate in Rom näherten sich dem Ende. Ihr und mir zuliebe verlängerte ich um 2 Monate – jeder Tag, jeder Sex mit Nicolina war wunderschön! Sie liebte mich. Ich sie, so gut es ging. An einem Sonntagmorgen weinte sie bitterlich, als ich Abschied nahm. Ich musste Nico versprechen, bald wiederzukommen.

Doch meine Verpflichtungen in Germany waren wichtiger: Uni und andere Mädels. Nicolina besuchte mich immer mal wieder für einige Tage, ich sie ebenso. Irgendwann war uns beiden klar, dass dies langfristig zu nichts führte. Schweren Herzens machte ich Schluss mit ihr und lebte mein Leben in München weiter. Nicolina fand wieder mit Fabien zusammen, der ihr ihre Seitensprünge mit mir verzieh. Sie wollten irgendwann heiraten und für Nachwuchs sorgen – ob es so kam, weiß ich nicht. Wir haben keinen Kontakt mehr.

Das Ende meiner Ehe mit Andrea

Wer in Kisten stöbert, wird fündig. So auch ich. Ich räumte etwas im Keller umher und stieß im hintersten Eck auf eine mysteriöse, rosafarbene, versiegelte Box, die ich nicht kannte. Ich war allein, also öffnete ich sie. Zum Vorschein kamen viele einzelne Fotos sowie ein Fotoalbum mit Aufschrift „Spatzi und ich – La Palma". Wer war Spatzi?! Außerdem war ich noch nie auf La Palma gewesen. Meine Frau Andrea war mit unseren Kindern weg, es war Sonntag und John Paul hatte ein Fußballspiel. Papa räumte derweil den Keller.

Ich öffnete das Album und sah Andrea in jüngeren Jahren mit einem Strahlemann. Wahnsinn, wie jung Andrea damals war. Und hübsch! „Spatzi", fand ich heraus, heißt Reini und war Andreas erste große Liebe. Er war ein paar Jahre älter und sah gut aus. Blond, sportlich, groß. Ich blätterte durch und schaute mir die Fotos an. Sie entstanden auf La Palma. Es war ihr erster gemeinsamer Urlaub. Es war Sommer, beide hatten auf den Fotos wenig an. Andrea oft Bikini und Badezeug oder Shirt und Hot Pants. Er Badehose oder Shirt und kurze Hose.

Was mir dabei auffiel: Die Dellen in seinen Hosen. Er musste ein Monsterteil haben! Neugierig blätterte ich weiter, bis das Album fertig war. Es schien ein schöner Urlaub gewesen zu sein. Nun widmete ich mich den einzelnen Fotos. Auch die waren nett. Unten in der Kiste lagen Briefe. Die musste ich lesen! Liebesbriefe. Süße sowie schmutzige. Hätte ich meiner Maus nicht zugetraut. Dann kam ein wütender Brief: „Du Arsch hast mich mit meiner besten Freundin betrogen. Das verzeihe ich Dir nie. Es ist Schluss!" Gezeichnet Andrea.

Die Arme! Long Dong hatte sich sexuell austoben wollen und war ihr untreu gewesen. Und schon war Schluss. Ich wühlte weiter und entdeckte mehrere gebrannte CDs. Alle unbeschriftet. Könnten sich hier irgendwelche Juwelen drauf befinden? Ich musste das prüfen. Ging an den PC und legte CD 1 ein. Musik. CD 2. Musik. CD 3. Musik. CD 4 ein Urlaubsvideo von diesem Urlaub. Ein Boottrip, am Strand, Spatzi beim Volleyballspielen, Andrea beim Bocciakugelnwerfen.

Spatzi in der Dusche!! Sein Teil war übermächtig. Ein 20+er hing hinab. So lang ist meiner nicht. Plötzlich huschte Andreas Hand ins Bild, wie sie den Schwanz ergriff und kichernd streichelte. Verwackelt war es, doch sein Teil wuchs auf Rekordgröße an. Ich hatte sofort einen Harten. Doch leider brach die Aufnahme bevor es losging ab. Scheiße! Ich nahm mir die weiteren CDs vor. Musik. Musik. Dann eine Foto-CD. Eingescannte Bilder. Von Andrea, als sie noch Kind war. So süß. Niedlich. Viele davon kannte ich nicht. Ich kopierte sie mir auf meinen Rechner und suchte weiter.

Nach einigen leeren CDs dann der Volltreffer: Ein kleines X war auf die CD geritzt. Mich erwartete Heftiges: Andrea in Sexaction! Mit Spatzi. 6 Videos. Wow! Ich hatte wieder einen Steifen und klickte auf Datei 1. Andrea knutschte mit Spatzi auf dem Bett. Langsam zogen sie sich aus. Spatzis Teil machte mir Angst. Andrea wollte es nach ein wenig Streicheln in den Mund nehmen, doch die Aufnahme brach ab. Ende. Verdammt!! Datei 2: Wieder Andrea und Spatzi. Mitten im Ritt. Sie ritt ihn. Doch viel sah ich nicht, da das Bild zu dunkel und unscharf war. Ihr Stöhnen würde ich unter 100.000 stöhnenden Frauen herauserkennen. Doch nach 2:34 Minuten war Cut. Video 3: Beide knutschen. Sie saß auf seinem Schoß und knutschte ihn. Immer wieder schaute sie oder er in die Cam, die seitlich positioniert war und nur ihre Gesichter zeigte. Knutschen. Mit Zunge. Ende. Verdammt, Ihr wisst wohl nicht, wie man einen Amateurporno dreht, fluchte ich. Video 4: Endlich was Gescheites! Der Typ filmte liegend, wie Andrea vor ihm hockte und ihn befriedigte. Meine Maus war wirklich jung dabei.

Ihre beiden Hände schafften es nicht, Spatzis Dong unter Kontrolle zu halten. Riesig war der! 23, vielleicht sogar 25 cm. Uff. Andrea lächelte ihn immer wieder verliebt an, seitlich an der Cam vorbei. Dabei masturbierte sie ihn gut mit 10 Fingern. Zwischendurch blies sie ihn. Doch selbst mit Deep Throat schaffte sie gerade mal die Hälfte. Irgendwann wurde Spatzis Stöhnen lauter. Er kam. Aber ich sah kein Sperma. So mächtig er war, so mickrig war seine Ejakulation. Ich sah sie nicht. Ich dagegen bin ein Superspritzer. Naja, vielleicht war der Typ davor schon 3 Mal gekommen und jetzt leer, alle.

Vielleicht war er auch nur ein Schaumschläger. Andrea wichste ihn aus, bis er erschlaffte. Ende. Das war ein geiles Video! Ich zog es mir sofort, ebenso wie die Aufnahmen 1-3, auf meine Platte. Nun öffnete ich den 5. Ordner. Es war ein Blowjob-Vid. Er stand und filmte von oben, wie Andrea vor ihm kniete, dabei seinen Stecken streichelte und lutschte. Das Ding erschlug meine Andrea fast. Hilfe! Mutig und gekonnt nahm sie sich des Monsters an und machte gute Arbeit. „Warte", keuchte er und wackelte mit der Kamera. 20 Sekunden später war das Bild wieder scharf. Er lag und filmte, wie Andrea zwischen seinen Beinen kniend das Spektakel zu Ende brachte.

Als er kam, sah ich wieder nicht, was er zu bieten hatte, denn er kam in Andreas Mund. Laut brüllte er, als die Braut ihn erlöste. Als sie fertig war, zoomte er an sie heran. Da ließ sie etwas Sperma aus ihrem Mund gleiten. Tinte hatte er also doch, der Penislulatsch. Nun das letzte Video. Ich war gespannt und mir sicher, dazu zu Ende zu wichsen. Ein Lesbenporno erwartete mich. Meine Andrea und eine bildhübsche Blondine befriedigten sich gegenseitig. Sie wurden manuell gefilmt. Von Reini, das erkannte ich an seiner Stimme.

Er gab geile Kommandos: „Jetzt leck ihr die Pussy … gut so", „Dreht Euch nach links … ja, genauso ... beste Sicht ... geil". Andrea leckte die blonde Unbekannte. Dann drehte diese den Spieß um. Schließlich 69ten sie. Andrea oben. Die Kamera war beweglich und neugierig, sie kam nah ran, an alles. Plötzlich kam die andere Frau. Dann Andrea. Als Highlight wollte nun Spatzi kommen. Er fickte abwechselnd beide Mösen. Andrea als Missionar, die Hellblonde als Hund. Stehend spritzte er selbst in beide Gesichter ab. Andrea hielt hin, bekam aber wenig ab. Auch diesmal hatte er außer ein paar Tropfen nicht viel zu bieten. Armes Schwein. Ende.

Ende auch in meiner Hand. Ich war gekommen, als das Lesbenspiel in vollem Gange war. Nun gehörten diese Aufnahmen mir. Ich packte alles wieder zurück in die rosafarbene Box und verschloss sie. Zurück ins hinterste Eck damit. Wenn die Andrea von meinen Entdeckungen wüsste. Ich war auf den Geschmack gekommen. Vielleicht befinden sich ja noch mehr solcher Schätze Andreas in den Wirrungen unseres Kellers.

Bei nächster Gelegenheit räumte ich wieder umher. Tatsächlich fand ich hinten im Eck eine Kiste, auf der stand „Andrea privat". Die musste ich öffnen! Doch der Inhalt war nichts Spektakuläres: Vor allem Schul- und Studienunterlagen. Auch Familienfotos, liebevoll in ein Heft geklebt. Ich entdeckte eine Tüte. In der Tüte war ein Sack. Im Sack steckte ein Vibrator! Hatte das Luder vor meiner Zeit und dem Womanizer also schon eine Masturbationshilfe gehabt. Es war ein klassischer, vibrierender Dildo, mittellang, intensiv gerillt. Er sprang aber nicht an. Keine Batterien drin. Eine andere Tüte! Ich öffnete sie.

Darin lag ein schwarzer Massagestab. Noch ein Selbstbefriedigungstool. Andrea war früher nicht so harmlos gewesen, wie sie tat. An der Innenseite der Kiste klebte ein Umschlag. Ich entnahm einen USB-Stick. Was da wohl drauf ist?! Ich kopierte ihn mir auf den Laptop, dann räumte ich alles in den ursprünglichen Zustand zurück. In meinem Zimmer, noch für 2 Stunden allein, war ich neu und gierig. 4 Ordner fand ich darauf. Ordner 1 hieß „Ich". Ordner 2 „Chris". Ordner 3 „Shooting". Ordner 4 „x". Ich öffnete „Ich". Viele Fotos von Andrea waren da drauf.

Schöne Pics aus 10 Jahren. Vor meiner Zeit. Also Kind, Teenager, junge Frau. Viele kannte ich, andere nicht. „Chris" bot mir Einblick in eine Affäre Andreas. Der Typ war kleiner als sie, und unscheinbar. Der nette Kerl von nebenan. Von ihm hatte sie mir nie erzählt, also musste er lediglich ein Betthupferl oder ein guter Freund plus gewesen sein. Fotos von beiden, von ihr, von ihm. Auch küssende. Auch nackte. Er war so klein bestückt, alles andere von einem Adonis. Was hatte er, das Andrea anzog?

Wahrscheinlich war er einfach nett, höflich und lieb zu ihr – so muss er sie bekommen haben. Aber richtig krasse Fotos waren nicht drauf. Ordner 3: Shooting. 3 Fotoshootings. 1 professionelles, 2 private. Das professionelle war neu für mich, die Fotos kannte ich nicht. Andrea, geschätzt Anfang 20, im Studio. Top Bilder! Wunderschön! Mal im Kleid, mal im Mini, mal in Unterwäsche, aber nie nackt. Schade. Im ersten privaten waren viele hausgemachte Fotos von Andrea, wie sie für die Kamera modelte. Wer die Bilder schoss, keine Ahnung. Mal im Kleid, mal im Mini, mal in Unterwäsche, aber nie nackt. Schade. Das zweite private Shooting war heftig. Sexbilder waren es!

21

Andrea ganz nackt. Sie spielte mit der Linse. Eine volle Serie. Irgendwann fasste sie sich in den Schritt, gab sich dem Moment hin. Leidenschaftlich schön. Auch Bilder mit ihr und einem Dick waren zu sehen. Diesen Dick kannte ich nicht! Fotos von oben, wie sie ihn kniend befriedigte. Fotos aus der Liegeposition, wie sie ihn blies. Fotos, wie er kam. Sperma an ihren Händen, in ihrem Gesicht. Muss alles vor mir gewesen sein, sie war jung auf den Beweisdokumenten. Dann kam Ordner „x". Dieser beinhaltete 3 Videos. Video 1: Andrea masturbiert. Mit diesem Vibrator, den ich entdeckt hatte.

Sie steckte sich das Teil rein und bediente es gut. Als sie kam, schrie sie laut. Dann beendete sie selbst die Aufnahme. Es war kein anderer dabei gewesen. Auf Video 2 wurde sie von Chris gefickt. Missionar. 10 Minuten. Sie filmte. Sein Gesicht interessierte mich einen Scheißdreck. Viel interessanter war die Einstellung von Andreas Pussy, als er rein und raus rutschte. Er kam ins Gummi. Video 3: Long Dong Spatzi fickte sie. Es sah brutal aus, wie sein langer Stab meine Frau aufspießte. Spatzi war komplett in ihr, aber doch nur halb. Jede Röhre hat ein Ende, nur die Wurst hat zwei.

Er fickte Andrea hart und brutal, sie nahm es mit Müh und lustgeiler Not. Sein Samenerguss war eine Niete. Er wollte spritzen, tröpfelte aber nur. Befriedigt beendete ich meine Erkundungstour durch den Keller. Ob es noch mehr von solchem brisanten Andrea-Material gab? 2 Tage später bekam ich einen Schock: Andreas Handy vibrierte. Zufällig stand ich daneben und schaute drauf. Der Sperrbildschirm verschwand und ich las den Namen „Spatzi".

Wie bitte?! Dieser Spatzi?! Ich konnte so schnell nicht lesen, was da stand, erkannte aber ein Emoji mit Umarmung und Herz. Was soll das?! Warum hat Andrea Kontakt mit dem? Und ich weiß von nichts. Betrügt mich meine Gattin? Vielleicht schon von Anfang an? Oder sehnte sie sich einfach mal wieder nach einem Monster King Dong? Der Sache musste ich auf den Grund gehen. Misstrauisch beobachtete ich meine Frau Andrea auf Schritt und Tritt. Jeder Griff zum Handy könnte ihr letzter sein. Als wir eines Abends nebeneinandersaßen, die Kinder waren in ihren Zimmern, klingelte ihr Mobil.

Andrea schaute kurz drauf, drückte aber schnell weg. „Wer war das?" „Keine Ahnung, hat sich wohl verwählt", antwortete sie. Das kam mir Spanisch vor. Als sie schlief, schnappte ich mir ihr Teil und öffnete den Sperrcode. Gewusst wie. Siehe da: Letzter eingegangener Anruf – Spatzi. Frechheit! Andrea hatte mich also belogen. Dreist und frech. Primitiv und billig. Na warte! Ich schrieb mir Spatzis Nummer ab und schlief mit mörderischen Gedanken ein. Am nächsten Tag erzählte mir Andrea von einem Abendessen mit ihrer ehemaligen Schulfreundin Hannah und bat mich, für die Kids da zu sein. Ich willigte ein.

Erstaunlich lang brauchte sie im Bad. Ich ahnte Böses. Griff zum Hörer und engagierte einen mir bekannten Privatdetektiv. Er sollte meine Gattin beobachten. Während ich mir mit den Kindern Zeit vertrieb, erlebte Andrea Gott weiß was. Gegen 1 Uhr nachts kam sie strahlend wieder. „Es ist 1 Uhr nachts!", ging ich sie an. „Na und? Eine Schulfreundin sieht man nicht alle Tage." Antwortete sie und verschwand im Bad, dann im Bett. Tags darauf erwartete ich zur Mittagszeit den Schnüffler in meinem Big-Boss-Büro.

„Ich habe keine guten Nachrichten für Dich", eröffnete er. „Hier", präsentierte er mir Fotos von Andrea und Spatzi. „Das ist ein Italiener in Freising. Dort trafen sie sich um 19 Uhr und aßen Pizza. Sie unterhielten sich gut, waren sehr vertraut miteinander. Mehrfach hielt er ihre Hand. 22:10 Uhr gingen sie und fuhren zu ihm. Um 0:30 Uhr kam sie alleine raus und fuhr zu Dir." Soso, überlegte ich, sie war über 2 Stunden bei ihm Zuhause, die Sau! Ich war stinkwütend!

Keine Ahnung, ob sie was am Laufen hatten oder nicht, eines stand fest: Beide mussten bestraft werden! Ich rief meinen Kumpel Jack an. Jack, das Tier. Jack, das Monster. Der Hüne hatte sich mit professionellen Schlägereien zum Geschäftsmann gemacht. Er hatte mir schon mehrfach geholfen, Kerle zu „bestrafen". Nie hatte er eine Prügelei verloren. „Jack, altes Haus, wie geht´s?", legte ich am Telefon los. „Gut", brummte er, „Business läuft, ich bin in Schuss." „Ich brauche Deine Power und Gewalt." „Okay, um wen geht es?" Ich erzählte ihm von Andrea und Spatzi: „Dieser Spatzi, also Reini, muss weg. Mach ihn so richtig fertig. Der soll seine Finger von meiner Frau lassen.

Um die Bestrafung meiner Frau kümmere ich mich persönlich." „Willst Du sie schlagen?" „Nein, Jack, das nicht, aber ich weiß, wie ich ihr wehtun kann. Sie muss aus ihren Fehlern lernen." Ich gab Jack Adresse und Telefonnummer von Reini, und erlaubte ihm, alles mit ihm anzustellen. „Lass ihn leiden, er hat es verdient." „Gerne", brummte Jack, dem alle Schlägereien große Freude bereiten. Ich beobachtete Andrea. 2 Tage später wollte sie erneut ihre Hannah treffen, ehe diese die Stadt wieder verließ. Ich bot mich als Begleitung an, wurde abgelehnt. Ich rief den Detektiv an und erteilte ihm den nächsten Auftrag.

Jack, der an diesem Abend zur Tat schreiten wollte, bat ich, zu warten. Während ich mir mit den Kindern abends die Zeit vertrieb, erlebte Andrea erneut Gott weiß was. Gegen 1 Uhr nachts kam sie strahlend wieder. „Es ist 1 Uhr nachts, Mädel!", ging ich sie an. „Na und? Eine alte Schulfreundin sieht man nicht alle Tage, das war es mir wert. War ein schöner Abend." Antwortete sie und verschwand im Bad, dann im Bett. Tags darauf erwartete ich den Schnüffler in meinem Bigger-Boss-Büro. „No good news are bad news", eröffnete er. „Hier", präsentierte er mir neue Fotos von Andrea und Spatzi.

„Derselbe Italiener in Freising. Dort trafen sie sich um 19:45 Uhr und aßen Pizza. Sie unterhielten sich gut, waren sehr eng miteinander. Mehrfach hielt er ihre Hand. 22:20 Uhr gingen sie und fuhren zu ihm. Um 0:30 Uhr kam sie alleine raus und fuhr zu Dir." Soso, überlegte ich, sie war wieder über 2 Stunden bei ihm, die Sau! Ich war stinkwütend! Rief Jack an und meinte: „Jetzt oder nie!" Jack bereitete alles für den Überfall am nächsten Abend vor. „Willst Du bei der Folter dabei sein, Chef?".

„Ja, gerne", grinste ich durchs Telefon. Eine allerletzte Chance sollte Andrea bekommen. „Wie war der gestrige Abend mit Hannah?", fragte ich. „Schön, sie fährt heute zurück nach Karlsruhe. Ist verheiratet, hat 2 Kinder. Arbeitet in der Apotheke, die ihrem Mann gehört. Wir kennen uns seit 25 Jahren." Soso, widerte sie mich so an. Lügen über Lügen! Die Bestrafung würde fürchterlich ausfallen. Somit hatte Spatzi sein Urteil unterschrieben. „Heute Abend gehe ich aus, mit einem Geschäftspartner, wir müssen ein großes Ding klarmachen." Meine Frau hatte Verständnis und keine Nachfragen.

Abgemacht war 22 Uhr Treff mit Jack bei seiner Geheimadresse, einem Schuppen im tiefen Wald. Ich zog mir eine unkenntlich machende Maske auf, die Jack mir am Eingang gab. Er trug eine ebensolche. Er führte mich ins Innere der Hölle. Das ganze Grundstück gehörte Jack, nur er darf sich hier aufhalten. Dass in der Hütte im Keller ein Folterraum verborgen ist, weiß keiner. Ich staunte: Da hing ja Spatzi! In Hemd und Hose, Hände hoch oben geknebelt. Er hing in den Seilen wie ein nasser Sack. Das lag daran, dass Jack ihm harte Fausthiebe mitgegeben hatte.

Blutig war sein gelbes Hemd. Er blickte auf: „Was wollt Ihr von mir, Ihr Schweine?" Zack! Eine erbarmungslose Rechte von Jack brachte ihn zum Schweigen. Ich hob sein Kinn an und sprach: „Finger weg von Andrea. Sie ist verheiratet. Ihr Mann mag es nicht, dass Du Dich mit ihr triffst." „Ich treffe mich, mit wem ich will." Zack! Jack mit einem Kick in Spatzis Nierengegend. Reini krümmte sich und schrie. „Hast Du mit ihr gevögelt?" „Geht Dich nichts an!", brüllte er. „Geht es doch!", brüllte ich zurück und trat ihm volle Sause in den Sack.

„Nochmal: Hast Du mit Andrea gevögelt?" Keine Antwort bedeutete eine weitere Bestrafung. Die übernahm Jack mit einer Kopfnuss, die durch den Raum hallte. Hier unten sind alle Wände gedämpft, nicht einmal ein wütendes Rhinozeros würde man von außen hören. „Mindestens zweimal hast Du Dich mit Andrea getroffen. Ihr wart essen und dann bei Dir zu Hause. Ich will wissen, was Ihr gemacht habt!" „Leck mich!", war seine Antwort. Jetzt reichte es Jack. Er ergriff härtere Maßnahmen.

Er holte ca. 10 cm lange Nadeln aus seinem Koffer und jagte diese in Reinis Körper. Der schrie wie am Spieß. Er wurde filetiert. Als Reini etwa 20 stecken hatte, fragte ich ihn erneut: „Mindestens zweimal hast Du Dich mit Andrea getroffen. Ihr wart essen und dann bei Dir zu Hause. Ich will wissen, was Ihr gemacht habt!" „Ich habe sie gevögelt", lachte Spatzi fies. „Gib ihm", befahl ich Jack. Dieser kramte in seinem Koffer und verkabelte Spatzi. Dann jagte er ihm heftige Stromstöße ins Gebein. Reini war bedient. Er litt furchtbare Qualen. „Das kann die ganze Nacht so weitergehen, mein Freund", drohte ich ihm. „Deine letzte Chance, auszupacken." „Okay, okay", flehte Reini um Gnade.

„Ich kenne die Andrea seit vielen Jahren, wir waren zusammen. War eine tolle Zeit. Andrea ist eine besondere Frau. Nach unserer Liaison haben wir uns aus den Augen verloren. Ich wusste, sie hat geheiratet und ist Mutter geworden. Ich habe mein Leben weitergelebt. Vergessen konnte ich sie aber nie. Per Zufall habe ich Andrea auf Facebook entdeckt und angeschrieben. Wir haben uns seitdem sechsmal getroffen. Ich machte ihr Avancen, sie lehnte ab. Durch unsere gemeinsame Vergangenheit war jedes Treffen aber wunderschön. Die letzten beiden Male hatten wir dann endlich Sex. Ich konnte sie überreden. Ihr fiel es sehr schwer, Ja zu sagen.

Sie meinte, sie wolle ihren geliebten Mann nicht betrügen, aber mein langes Argument in der Hose überzeugte Andrea dann doch." „So, Bürschchen, zeig uns mal Dein langes Argument", zog ich ihm Hose mit Unterhose runter. „Oh mein Gott", brummte Jack, „ein Dreibeiner." Ich staunte. Noch nie hatte ich so einen langen Schlauch hängen gesehen. „Ich muss zugeben, Dein Argument ist nicht schlecht", nickte ich, „aber Du kannst Dich jetzt davon verabschieden."

„Wie meinst Du das?", ängstelte Spatzi-Reini. „Los, auf geht´s", kommandierte ich Jack zur Tat. „Abschneiden oder zu Mus schlagen?" „Zu Mus schlagen." Le Jack drosch auf Spatzis bestes Stück ein. Gerade Schläge, Aufwärtshaken, dazu gab es Eiersalat. Wie ein Boxer reagierte sich J an Reinis Geschlecht ab, so wie an einem Boxsack. Schreien konnte Reini nicht, denn sein Mund war zugeknebelt. Aber leiden konnte er. Und wie!

Jack war eine Maschine, ein Tier, das keinerlei Gnade kannte. Nach Jacks Training hing Spatzis Spatz blutrot und verbeult dem Boden entgegen, seine Hoden waren auf Melonengröße angeschwollen. Knebel aus dem Mund. „Finger weg von Andrea! Ich sage es zum letzten Mal: Wenn Du sie noch einmal triffst, erlebst Du die Hölle 2.0. Es freut mich für Dich, wenn Du sie zweimal gevögelt hast. Diese zweimal waren aber zweimal zu viel. Nie wieder wirst Du es tun, verstanden?!" „Ja, verstanden", litt Reini halb bewusstlos. „Zu keinem ein Wort, was passiert ist heute Nacht, sonst kommen wir wieder und geben Dir den Rest." Jack betäubte Reini ohnmächtig und wir brachten ihn an eine entfernte Stelle.

Dort kam er irgendwann zu sich und humpelte zurück in sein Leben. Ich dankte Jack für seine Arbeit – es ist gut, Freunde wie Jack zu haben. Zurück nach Hause. Duschen und schlafen. Ich organisierte einen Abend mit Andrea. Unsere Kids durften auswärts nächtigen. Es kam der Moment der Abrechnung. Andrea hatte einen Massage- und Sexabend mit mir geplant, doch es kam ganz anders. „Sag mal, hast Du mir nicht etwas zu sagen, Schatz?", startete ich. „Was meinst Du?" „Überleg doch mal." Andrea überlegte. „Nein, alles gut." „Kannst Du mir verraten, was Du Dir dabei denkst, mich zu betrügen?", forderte ich sie.

Andrea schluckte. „Ich Dich betrügen? Wie kommst Du darauf? Ich liebe Dich über alles!" „Stichwort Hannah." Pause. „Stichwort Hannah." „Was ist mit Hannah? Ihr geht es gut. Ich war zweimal mit ihr essen." „Lüg mich nicht an, Schlampe!", fuhr es aus mir heraus. Nie zuvor hatte ich Andrea angebrüllt, aber einmal muss ja immer das erste Mal sein. „Ich weiß, was Du an den beiden Abenden getrieben hast."

„Ich war mit Hannah italienisch essen und dann noch etwas trinken." „Lüg mich nicht an, Schlampe!", fuhr es erneut aus mir heraus. Ich warf ihr Fotos auf den Tisch, die sie mit ihrem Reini-Spatzi zeigten. „Sieht ganz schön männlich aus, Deine Hannah, wie?" Andrea schluckte tief. „Butter bei die Fische: Wer ist das?!" „Reini, ein Ex von mir. Wir waren vor unserer Zeit mal kurz, aber intensiv zusammen." „Sieh an", schaute ich ihr tief in ihre verlogenen Augen. „Mir sagst Du, Du gehst mit Deiner Freundin Hannah aus, stattdessen gehst Du mit Deinem Ex Reini aus. Wie oft habt Ihr Euch getroffen?"

„Nur einmal." „Lüg nicht, Schlampe!" Ich warf ihr weitere Fotos auf den Tisch, die Beweis für den anderen fotografierten gemeinsamen Abend waren. „Na gut, wir waren zweimal aus." „Ach ja? Laut Reini habt Ihr Euch sechsmal getroffen." Andrea zählte an den Fingern mit. „Ja, nein … naja, kann sein." „Jetzt die entscheidende Frage: Habt Ihr gevögelt?" „Nein, um Gottes Willen, wie kannst Du so etwas nur von mir denken? Wir haben uns lediglich getroffen." „Lüg mich ja nicht an, Du blöde Schlampe! Last chance: Habt Ihr gebumst?" „Nein." „Tja, liebe Andrea, Reini hat mir verraten, dass Ihr zweimal miteinander gevögelt habt. Und Du kannst mir eines glauben:

27

Dem Reini glaube ich mehr als Dir. Er hatte mehr Gründe, die Wahrheit zu sagen." Andrea drehte sich weg, begann zu heulen. Da war es also, ihr Schuldgeständnis. Ich ließ sie heulen. „Danke, dass Du mich sexuell betrogen hast. Danke, dass Du mich belogen hast. Danke, dass Du mich hintergangen hast. Danke, dass Du fremdgevögelt hast. Danke, dass Du unsere Ehe zum Abschuss frei gibst. Danke, dass Du unsere Kinder schädigst. Eine Ehebrecherin und Fremdvöglerin zur Frau zu haben, das ist das Allerletzte", deklassierte ich sie. Ich werde mir überlegen, ob ich nicht gleich morgen die Scheidung einreiche.

Dann nehme ich Dir alles, was ich Dir gegeben habe, von Tag 1 bis heute. Wenn das Dein Dank für alles ist, was ich Dir geschenkt habe, Prost Mahlzeit." Mit diesen Worten verließ ich sie, packte 2 Koffer und verduftete. Andrea lief hinter mir her und flehte um Verzeihung, doch ich blieb hart. Verschwand in einem Hotel und zog mich ein paar Tage zurück, ignorierte ihre Anrufe, WhatsApps und sonstige Kontaktversuche. Sie hatte mich schwer verletzt mit ihrer Fremdgeherei, und ich wusste nicht, ob ich ihr verzeihen konnte.

Andererseits: Ich betrüge meine Frau schon seit Beginn unserer Beziehung. Hunderte, Tausende Male. Nie hatte ich ein schlechtes Gewissen. Der Womanizer lebt sein Leben, tobt sich sexuell aus und nimmt alles Gute mit. Nun war meine Ehefrau Andrea mir zum wohl ersten Mal fremdgegangen, mit Mr. Long Dong. Unverzeihlich! Aber ich wollte nicht alles, was ich aufgebaut hatte, verlieren: Meine Frau, meine Kinder, meine Familie. Ich dachte die nächsten Tage viel nach. Schließlich bot ich Andrea einen Gesprächstermin unter 4 Augen an. Wir trafen uns in einem Restaurant. Andrea sah schrecklich aus. Sie musste die ganze Woche geweint haben.

Sie entschuldigte sich immer wieder für ihren Fehler und flehte mich an, ihr zu vergeben. „Nie wieder wird so etwas vorkommen. Es war das einzige Mal, ich schäme mich unendlich." Ich ließ sie 1 Stunde betteln, dann gab ich mich großmütig und verzieh ihr. Andrea brach vor Rührung zusammen und drückte mich wie Kloßbrühe. „Danke, danke, danke,", flüsterte sie immer wieder in mein Ohr. „Pass auf: Solltest du wieder fremdvögeln, lasse ich mich sofort von Dir scheiden.

Dann ist es aus. Nur, dass Du Bescheid weißt, Andrea." Sie versprach mir hoch und heilig, sich bis zu ihrem letzten Atemzug an das Eheversprechen der Treue zu halten. Dennoch brauchte es Wochen, bis ich wieder bereit war, in einem Bett mit ihr und auch mit ihr zu schlafen. Währenddessen hatte ich eine Affäre mit der bildschönen, 24-jährigen Tochter meines Versicherungsmaklers. Leider wurde sie zu heiß, sodass ich sie beenden musste, bevor ich mir daran die Finger verbrannte. Um den Schock des andreatischen Fremdgehens zu verdauen, widmete ich mich dem Sport. Ich entdeckte meine Leidenschaft fürs Schwimmen wieder. In 8 km Entfernung von unserem Haus steht ein modernes Schwimmbad. Im Sommer Frei-, im Winter Hallen-.

Als guter Krauler wollte ich meinen Ärger ablassen. Ich kaufte mir einen 50er-Chip und startete. Es war Hallenbadsaison. Ein 25 m-Sportbecken bot mir die Gelegenheit, mein Können zu präsentieren. Dampfsaunen standen ebenso zur Verfügung wie Massagedüsen. Ein Rundum-Wohlfühlprogramm also, für nur 3 Euro die Session. Guter Preis! Ich kraulte mir einen ab. 1,5 km, das sollte reichen. Die Wärme in der bekleideten Dampfsauna tat gut, genauso die Massage der Rückendüsen.

Schon bei meinem ersten Schwimmstelldichein fiel mir eine attraktive Blondine auf, die mir im Dampfbad gegenüber saß. Sie war schlank und sportlich gebaut. Nicht die jüngste Tulpe, ich schätzte sie auf Ende 30. Sie hatte ihre blonden Haare zum Schwanz gebunden. Ihr Traumkörper nahm die Wärme gierig auf. Handtuch-Wedeleien gefielen ihr genauso wie mir. Ihre Augen waren schön und groß, sie strahlten, funkelten.

Als sie rausging, folgte ich ihr. Ihr Body war trainiert. Sehr sportlich, wenig Brust erkennbar. Muskulöse Beine. Sexy Rücken. Sie zeigte in ihrem Swimsuit viel Haut. Sie duschte, bevor sie eine zweite Runde Schwitzen einlegte. Ich zog nach. Dieselbe Blondine sah ich das nächste Mal – 2 Tage später – wieder. Sie kraulte ihre Bahnen. Ich kraulte mit. Sie war schneller als ich. Ich gab mir Mühe, doch nach ein paar Turnarounds überholte sie mich. Welch Weib! Als sie fertig war, ging sie ins Dampfbad. Ich auch. Ich nahm Blickkontakt auf. Sie nahm mit. Sie lächelte. Ich startete den Flirt als Saunameister, in dem ich mein Handtuch zückte und allen extraheiße Luft zufächerte.

29

Unter tosendem Applaus ging ich raus und schmiss mich ins Becken mit den Düsen. Mit rotem Kopf folgte sie und steuerte die Düse neben mir an. „Jetzt gut abkühlen, richtig?", startete ich die Konversation. Sie hatte kein Problem, einen süßen Talk mit mir zu führen: „Danke fürs Wedeln. Ich bin die Kim." Sie reichte mir ihre nasse Hand. Ich schüttelte sie nasser. Sie hatte eine schöne Hand mit langen, dünnen Fingern. Ihre Nägel waren rot lackiert. „Du bist öfter hier?", fragte sie. „Erst seit letzter Woche. Früher, in meiner Studentenzeit, bin ich regelmäßig geschwommen. Jetzt 20 Jahre nicht mehr."

„Warum hast Du wieder begonnen?" „Weil meine Frau mich sexuell betrogen hat. Auf diesen Schock musste ich mit meiner Aggression und Wut, auch mit meiner Enttäuschung und Trauer klarkommen. Ich dachte, Schwimmen wäre da genau das Richtige." „Das tut mir aber leid", tröstete sie mich und wollte Details wissen. „Ich erzählte von meiner Ehe mit Andrea und meiner Familie, auch, dass sie mich mit Long Dong Silver betrogen hatte. „Und, trennst Du Dich von ihr?" „Nein, Andrea ist die Liebe meines Lebens. Sie hat sich bitter dafür entschuldigt. Meine Kids sind mir heilig, meine Familie ist mir heilig.

So ein Ausrutscher darf halt nicht nochmal passieren. Andererseits – wer ist schon immer treu?" Kim verstand meinen Hinweis, zwinkerte mir zu und lachte. Wir verstanden uns gut, konnten ohne Hemmungen über alles reden. „Und Du?", wollte ich wissen. „Ich bin verheiratet, mein Mann ist Kapitän auf der Aida, viel unterwegs. Wir haben keine Kinder, sind seit 15 Jahren zusammen." Ich erfuhr, dass Kim schon 41 war. Wow! Verdammt gut gehalten. Wieder schwitzen, wieder Düsen.

Dann Tschüssikowski. Es kam, dass wir uns dreimal die Woche beim Schwimmen trafen. Ich arbeitete, ging schwimmen, fuhr nach Hause. Andrea fand das nicht so nett, sagte aber nichts, da diese Bestrafung sein musste. Die gerade Alleinerziehende wusste, welche Scheiße sie fabriziert hatte und dass sie die Suppe auslöffeln musste. Zu Hause war ich für meine Kinder liebevoll da, ging aber auf Abstand zu Andrea. Die litt. Mir egal. Es musste so sein. Derweil intensivierte sich mein Kontakt zu K. Wir schwammen zusammen. Wir trainierten zusammen. Wir dampfbad-saunierten zusammen.

Wir massage-düsten zusammen. Wir quatschten viel. Sie war für mich sexy Frau sowie Kumpel. Ich wurde beim Schwimmen immer schneller und bot ihr mittlerweile Konkurrenz. Sie lobte mich. Ich freute mich. Gerne schwamm ich hinter ihr, um ihren knackigen Po zu bestaunen. Im Dampfbad malte ich ihre Silhouette nach, saß bei viel Betrieb eng neben ihr, sodass sich unsere Oberschenkel und Gesäße berührten. Sie zog nie weg. Eines Abends, die Hölle war im Bad los, duschten wir und wollten uns in den Kabinen umziehen, da war nur noch eine frei. Von 20. Und irgendwie wurde keine weitere frei.

Ich war Gentleman und öffnete Kim die Tür. Sie trat ein und zog mich mit: „Die ist groß genug für 2." Da stand ich mit ihr, in der engen Kabine. Was würde passieren? Lasziv kümmerte sie sich zuerst um ihre Haare. Ich schaute zu. Dann zog sie sich den Badeanzug aus. Total ungeniert, als ob ich immer danebenstehen würde. Ich glotzte. Ihr Körper war noch sportlicher als gedacht. Ein Sixpack drängte sich auf. Die Oberschenkel top trainiert, die Hüfte schlank, der Po knackig klein. Kleine, stehende Titties. Blanke Politur unten. Sie schaute mich an: „Und Du? Willst Du in Deiner Badehose Wurzeln schlagen?"

„Ist ja gut, ich ziehe schon aus", rechtfertigte ich mich verlegen und zog die Wassertüte runter. Nackt standen wir voreinander. Kim musterte mich genau. Ihr Blick nach unten fiel interessiert aus. „So klein, dass Deine Frau einen Long Dong Silver braucht, ist er doch gar nicht." „Bisher hat sich noch keine Dame über ihn beschwert", protzte ich stolz. „Wie lang erigiert?" „Brave 15." Sie nickte. „Ist okay. 15 muss er schon haben." „Hat er ja auch." „Wie breit?"

„Weiß nicht genau, ich messe nicht täglich", antwortete ich in die Ecke abgedrängt. „Du hast einen schönen Schwanz, Deine Frau sollte sehr zufrieden sein. Ist keine 20 lang, aber immerhin." „Nein, 20 ist er nicht, aber auch keine 10 kurz. Sondern die goldene Mitte." Sie cremte sich ein, ich mich. Es war eng. Unsere Ellenbogen und Körper stießen sich leicht. „Kannst Du mir den Rücken eincremen?", fragte sie. „Klar", tat ich es. Dann cremte sie meinen Rücken ein. Wir zogen und an, busselten uns auf die Wange und gingen. Ja, da war etwas Spezielles zwischen uns.

Wir waren Sportlerkollegen, aber auch interessiert aneinander. Wir verstanden uns, konnten miteinander lachen und auch sexuell reden, ohne dass er andere gleich eingeschnappt ist oder sich unwohl fühlt. Beim nächsten Schwimmen landeten wir wieder zusammen in der Kabine, obwohl andere frei waren. Schnell war sie nackt und widmete sich ihrem Körper. Ich entkleidete mich und machte mein Eincrem-Ding. Unsere Eyes waren proaktiv, sie beobachten alles. „Meinst Du, ich soll mir die Brüste machen lassen?", fragte Kim. „Warum denn?", fragte ich zurück. „Mein Mann fände es schön. Er wünscht sich das."
„Ich würde sie so lassen, wie sie sind. Sie sind schön. Sie gefallen mir. Nicht die Größten, aber Riesenhupen bevorzuge ich nicht. Künstliche Dinge sind auch nicht meins. Ich würde sie genauso lassen, wie sie sind." Kim schaute mich erleichtert an: „Wirklich?" „Ja, wirklich. Du hast schöne Brüste. Gesund, echt, sexy. Lass sie so." „Danke!", drückte sie mir ein Bussi auf und umarmte mich fest. Diese Umarmung war zu viel für meinen Helden. Er wurde steif.

Kim ließ mich nicht mehr los, mein Penis drückte offensiv in ihr Becken hinein. Sie schien es zu genießen. Schließlich schaute sie mich nah an: „Was ist denn mit Dir los? „Wie meinst Du?", stellte ich mich blöd. „Na", trat sie einen halben Schritt zurück, „scheint so, als ob er ein Eigenleben entwickelt hat", und deutete auf meinen mächtigen Ständer. „Naja", grinste ich, „Deine Umarmung ist schuld daran." „Sieht gut aus", neckte sie mich, „ein Prachtexemplar. Könnte etwas länger sein, aber sonst habe ich nichts auszusetzen." Ich cremte mich und meine Lanze ein, sie sich und schaute mir dabei zu.

Ich zog mich an, sie zog sich an. Wir busselten und gingen. Hier baute sich etwas Heißes auf. Das nächste Schwimmen war erfolgreich und stressabbauend. Das Dampfbad warm und heiß. Die Düsen massierten uns gut. Wieder landeten wir in derselben Kabine. Nackt standen wir uns gegenüber. „Kannst Du meinen Rücken eincremen?" „Klar", antwortete ich und erledigte meinen Job. Auch ihren knackigen Po duftete ich ein. Kernig fühlte er sich an. Etwas runder wäre mir lieber gewesen. Dann drehte ich mich um und Kim lotionierte mich. Sie cremte meine ganze Rückseite liebevoll ein:

Meinen Nacken, meinen Rücken, meine Arme, meinen Po, meine Beine hinunter bis zu meinen Füßen. Dann drängte sie sich von hinten eng an mich heran und cremte – mich umgreifend – meine Brust und meinen Oberkörper ein. Gut fühlte sich das an! Ich schaute ihren Händen zu. Ihre roten Fingernägel funkelten. Kims Hände glitten tiefer. Mein Penis zeigte erste Reaktionen. Sie umfuhr meine Hüften und cremte die Vorderseiten meiner Schenkel ein. Dann fuhren ihre Hände wieder hoch. Dabei atmete sie mir ins Ohr. Mein Penis war längst steif, da sie alles in Zeitlupe vollzog. Endlich berührte sie meine Hoden. Es fühlte sich wie ein Orgasmus an. Ich stöhnte. Etwas höher, dann streichelte sie über mein Bomberglied.

Ich ließ es über mich ergehen. Ganz eng stand sie jetzt an mir dran, ihr Körper verschmolz mit meinem. Sie nahm meine Latte in ihre rechte Hand und umfasste sie. Langsam bewegte sie die Vorhaut und zurück, bis Anschlag. Dann wieder vor und zurück. „Soll ich Dich abmelken?", hauchte sie mir ins Ohr. „Möchtest Du?" „Ja. Du auch?" „Ja. Mach." Ihr Wunsch war ihr Befehl. Sie begann zu wichsen. Schnell und zielsicher tat sie es. Ihre rechte Hand wurde zur Speedo-Hand.

Mit gutem Grip, fast zu fest, dennoch genehm tat sie es im raserischen Tempo, bis ich nach 3 Minuten kommen musste. Ich spritzte die Wand voll. Ich musste mich beherrschen, nicht laut zu stöhnen, da die Nebenkabinen belegt waren. Kim atmete in meinem Rhythmus ein und aus, ihre Maschine wurde langsam bis Stillstand. „Das war superschön, danke", flüsterte ich. „War mir ein Vergnügen", strahlte sie.

Ich reichte ihr mein zweites Handtuch, um die Hand sauber zu putzen. Mit demselben spielte ich Wandreiniger. Wir busselten und gingen. Beim nächsten Mal landeten wir wieder in 1 Kabine. Kim suchte sich die hinterste Kabine aus, dort war am wenigsten los. Als ich meine Hose abstreifte, war er schon halbsteif, in der Hoffnung, was kommen würde. Ich cremte sie ein, diesmal auch von hinten ihre kleinen Brüste und ihren Sixpack-Bauch. Dabei drückte er sie an die Wand. Dann cremte Kim mich ein: Nacken, Rücken, Arme, Po, Beine hinunter zu den Füßen. Nun drängte sie sich von hinten an mich und cremte meine Brust und meinen Oberkörper ein. Gut fühlte sich das an!

Ihre Hände glitten tiefer. Mein Penis zeigte sofort Reaktion. Sie cremte die Vorderseiten meiner Schenkel ein. Dann fuhren ihre Hände hoch. Mein Penis war vollsteif, da sie alles in Zeitlupe vollzog. Endlich berührte sie meine Hoden. Es fühlte sich wie ein Orgasmus an. Ich stöhnte. Höher, dann streichelte sie über mein Bomberglied. Sie nahm meine Latte in ihre Hand. Langsam bewegte sie meine Vorhaut vor und zurück. „Soll ich Dich abmelken?" „Möchtest Du?" „Ja. Du auch?" „Ja, sehr gern." Sie begann zu wichsen. Ihre Hand wurde zur Speedo-Hand.

Mit guten Grip tat sie es, bis ich nach 3 Minuten kam. Ich spritzte die Wand voll. Kim atmete in meinem Rhythmus, ihre Maschine wurde langsam bis Stillstand. „Superschön", flüsterte ich. „War mir ein Vergnügen", strahlte sie. Wir busselten und gingen. Dasselbe die nächsten Male. Aber außer mir einen runterzuholen machte Kim keine Anstanden, mehr zu wollen. Ich genoss und schwieg. Aber ich wollte mehr. Also musste ich mutig sein. Nachdem sie mich gewichst hatte, drehte ich mich um: „Ich würde mich gerne revanchieren. Hier in der Kabine ist nicht das Ambiente dafür. Was hältst Du von einem Sexdate?" Sie kicherte: „Einverstanden. Mein Gatte ist weg. Donnerstagabend bei mir? Statt Schwimmen."

Sie hatte mein Einverständnis. Kim wohnte sehr schön. Ein Riesenhaus am Erdinger Stadtrand. Schnell waren wir nackt und ich leckte Kim glücklich. Ihr Körper war hart, kein Gramm Fett hatte sie. Sie genoss meine Zungenspiele. Ich schenkte ihr 3 Orgasmen, die spritzig ausfielen. Sie schäumte. Dann bestand sie darauf, gevögelt zu werden. Ich fickte sie, aber ihr harter Körper fühlte sich wie ein Brett an. Steifer als mein Steifer.

Kim machte zwar gut mit, aber sie war mir zu hart. Ich kam ins Gummi. Erschöpft lagen wir da. Eine zweite Runde gab es: Sie blies mich, konnte das aber nicht. Selten so eine schlechte Bläserin erlebt. Ich ließ es mir lieber mit der Hand zu Ende machen. Doch mir war klar: Etwas Besonderes war das nicht. Ich ging. 2 weitere Male trafen wir uns bei ihr, doch die Magie war weg. Nach 2 Handjobs in der Kabine beendete ich meine Schwimmlaufbahn und widmete mich Neuem. Gleichzeitig näherte ich mich meiner fremdgegangenen Frau wieder an und ließ sie endlich ran. Sie dankte es mir mit gutem Ehesex.

Die Nase des Johannes

Wenn ich von meinem Penis spreche, geht die Sonne auf. Denn er ist genau richtig, so wie er ist. Knappe 15 cm lang, mitteldick und schön. Ich liebe ihn! Und er liebt mich, schließlich erfüllt er mir meine Wünsche. Ich ihm allerdings auch. Unser Verlangen nach Frischfleisch hört nie auf. Über 2.000 Frauen habe ich bereits geknackt, und es werden weiter mehr. Da kann selbst Anja nichts dran ändern, meine neue Liebe. Ich brauche das, die Abwechslung, den Kick, Trick und Fick, Abenteuer tagein, tagaus. Seit meinem ersten Atemzug sind mein Penis und ich beste Freunde. Wir lernten uns gegenseitig kennen.

Ich begann sehr früh zu masturbieren, und war erstaunt, welch schöne Gefühle dabei entstehen. Auch, als der Samen heraustropfte, später hinausschoss. Ich weiß very genau, was mein Schwert braucht, und wie. Ich weiß, wie oft ich kommen kann, was ihm guttut oder schadet. Manchmal wünschte ich mir einen längeren und dickeren Dong, vor allem, wenn die eine oder andere Frau sich dies wünschte und mir schamlos sagte. Ein paar haben mich gar beleidigt: „Oh, ist der klein" oder „Mit so einem kurzen Schniedel habe ich keinen Sex".

Fast alle Frauen aber fanden und finden meinen Penis genau richtig, wie er ist. Er ist ihnen „nicht zu lang, zu kurz, zu dick oder zu dünn, sondern genau richtig". Wie muss Omar leben mit seiner 27 cm-Latte? Omar war mein Zimmerkumpel im Robinson Club. Der kleine, aber sportliche Kenianer hat das längste Teil, das ich jemals sah. Er ist ein Dreibeiner und hätte erfolgreicher Pornostar werden können.

Er nahm sich nur jene Frauen, „die mit meiner schwarzen Schlange umgehen können", sagte er immer mit einem breiten Lächeln im glatzköpfigen Face. Diese Frauen waren meistens älter und nicht sonderlich hübsch, dafür willig und geil, bis übers Limit zu gehen. Einmal nahm mich Omar mit auf einen Dreier. Die blonde Barbie Ende 30 hatte große Mühe, mit seiner Schlange umzugehen. Als Omar aus der Dusche ums Eck kam, sah ich 3 Sekunden lang nur seine Lanze. Erst dann kam er ums Eck geschlendert.

Die Blonde hätte 4 Hände gebraucht, um seinen Hammer händisch zu stimulieren. Deep Throat war bei Omar nicht möglich, daran wäre jede Frau gestorben. Bei diesem Dreier konnte ich nicht mitmachen, zu klein hätte mein Penis neben seinem ausgesehen. Als er fickte, dachte ich, er würde Blondie gleich erstechen. Omar behandelte Frauen gut wie schlecht, er nutzte sie aus und bereitete ihnen ein einzigartiges Erlebnis. Anhand dieser Vorgeschichte gibt es einiges Fieses zu erzählen.

Einmal geriet ich an Renata (32), die mir klarmachte, dass sie zuerst meinen Schwanz sehen wolle. In der Disco ging das schlecht, dafür im Gebüsch. Sie schaute ihn sich an. „Passt mir nicht", ließ sie mich stehen. Carolin liebte nur Schwarze. Ich gefiel ihr, aber mein Dong ist kein Elfenholz. Ich schaffte es in ihr Bett, doch dort blockte sie ab: „Sorry, ich kann nur mit Blacks schlafen." Bei manchen Frauen wurde er nicht steif, was nicht an mir, sondern an ihren unzureichenden Fähigkeiten der händischen, oralen oder vaginalen Stimulationskunst lag.

Sexabbruch ist immer Scheiße, aber manchmal die einzige Lösung. Zum Glück bestehen weit über 90 Prozent meiner Sexerfahrungen aus sehr positiven Erlebnissen. So durfte mein Dong die schönsten Mösen der Welt kennenlernen, prominente, junge, hübsche, gierige, geile. Sie alle verstanden es, mich gut zu befriedigen. Richtig geil wird es, wenn bei einem Dreier eine überaus talentierte und ein weniger talentierte dabei sind. Die Talentierte liefert beste Leistung, während die Hilflose nicht im Schatten bleiben will und über sich hinauswächst. Kann auch in die Hose gehen, wenn Neid und Missgunst an der Tagesordnung sind.

Wie oft war eine beleidigt, wenn mich die andere zum Orgasmus brachte, nicht sie. Wenn 2 Frauen zusammen Künste darbieten, ist das genial, denn man wird von oben bis unten doppelt verwöhnt. Diese Orgasmen sind brutal gut. Auch wenn beide Frauen unerfahren sind, ist das ein Spaß, dann kann ich ihnen zeigen, was ich will und wie das genau geht. Frauen lernen schnell, wenn sie wollen. Viele Ladies schwärmen bis heute von meinem Dong. Manche ließen ihn sich im brandsteifen Zustand vergipsen und daraus einen Dildo formen. So ficke ich sie bis heute.

Die Freundin der Freundin

Meine neue Liebe Anja ist eine wunderbare! Wir planen unsere gemeinsame Zukunft mit Heirat und Familiengründung. Doch bis dahin vögeln wir uns die Hirne raus. Der Sex ist mega, sie gibt mir, was ich möchte, schließlich finanziere ich uns ein fantastisches Leben. Anja hält sich in shape mit Yoga und Sport. Ihre beste Freundin heißt Adriane. 25,5 – ebenso sexy wie Anja. Doch deutlich offensiver. Sie lässt einen wissen, ob sie ihn mag oder nicht. Auch, ob sie mit ihm vögeln möchte. Von Beziehungen hält sie nicht viel. Einige gescheiterte gaben ihr zu denken. Sie lebt ihr Leben. Als Stewardess ist sie viel unterwegs und lernt alle Leute der Welt kennen. Großgewachsen, schlank, erotisch. Augen grün. Haare lang und blond. Gefällt mir! Unter anderen Umständen hätte ich sie im Cockpit gebumst, doch ich bin mit Anja zusammen. Mit der besten Freundin zu betrügen, ist gefährlich. Adriane fand mich von Anfang an spannend. Sie fragte Anja von mir über unser Sexleben aus, meinte, sie würde mich nicht von der Bettkante stoßen, ließ neckische Sprüche ab, klatschte mir im Vorbeigehen auf meinen Po.

Eines Tages heulte meine Anja, als ich von der Arbeit kam. „Was ist los, Maus?" „Ich habe mit der Adriane Schluss gemacht." „Wieso?" „Sie hat nicht aufgehört." „Womit?" „Die sexuellen Anzüglichkeiten Dir gegenüber. Ich habe sie immer wieder gebeten, das sein zu lassen, sie machte weiter. Als sie mir gestern gesagt hat, dass sie gerne mal mit Dir schlafen würde, bin ich ausgetickt. Erst recht, als sie nach einem Dreier fragte. Die hat sie nicht alle!"

„Unglaublich", übertrieb ich, „so ein Luder." Ich beruhigte Anja. „Ich habe ihr die Freundschaft gekündigt. Wie konnte sie mich nur so provozieren? Ich bin so traurig." Traurig war auch ich, weil aus diesem Dreier nichts geworden ist. Ich hätte mitgemacht! Zu gerne hätte ich Adriane gefickt. Moment mal, warum nicht? Nun waren die beiden ja keine Freundinnen mehr. Eines Nachmittags fuhr ich früher von der Arbeit los, um bei Adri zu klingeln. Sie war da, musste aber weg. In Stewardess-Uniform war sie gerade dabei, ihre Wohnung zu verlassen.

Wir vereinbarten ein Geheimtreff 1 Woche später. Zeitreise. Ich klingelte, sie öffnete. Sexy erwartete sie mich. Sie hatte gerade Sport gemacht. „Ich bin verschwitzt. Gib mir 5 für die Dusche." Sie kam im Bademantel wieder. „Was gibt´s Neues?", fragte sie. „Ich find´s schade, dass Ihr Euch zerstritten habt." „Ja, traurig. Ich bin mir aber keiner Schuld bewusst." „Versöhnung?" „Ja, irgendwann sicher." Ich hinterfragte Anjas Aussage, dass ich der Grund für den Bruch war. „Ja, es ging um Dich", bestätigte Adriane. „Anja fand es unmöglich, dass ich von Dir geschwärmt habe. Sie hatte Angst, ich wolle Dich ihr wegnehmen."

„Wolltest Du?" „Ein bisschen schon. Bist ja genau mein Typ Mann." „Schade, dass es so gekommen ist, andererseits hat das auch was Gutes", philosophierte ich. „Wie bitte? Mein Zerwürfnis mit Anja soll was Gutes haben?" „Jetzt seid Ihr gerade keine Freundinnen. Nichts spräche gegen Spaß zu zweit. Wenn Du mich willst, dann nimm mich. Hier und jetzt. Anja darf davon nie etwas erfahren. Das bleibt unser Geheimnis."

Adri antwortete, indem sie ihren Mantel öffnete und fallen ließ. Ein geduschter Traumkörper strahlte mich an. Obwohl sie Stewardess war, hatte sie keinen brasilianischen Landestrich. Ihre Traumbrüste standen. Adrianes Beine waren wunderschön, frisch rasiert. Ihre blanke Möse strahlte mich an. „Nimm mich, Tiger", hauchte sie mir zu und führte mich ins Reich der 1.001 Fantasien. Die eine war Adriane. Schnell wurde sie dominant. Ich lag auf dem Bett und erlebte, wie ich meine Hosen verlor. Zuerst die lange, dann die kurze. Dann erlebte ich, wie Adrianes Mund meinen Schwanz umarmte. Sie konnte gut blasen. Nicht Champions League, aber Bundesliga.

Dann ritt sie mich. Ohne Gummi. „Save", flüsterte sie. Ich akzeptierte. Ihr Ritt war leider nicht gut. Zu schnell tat sie es und knallte immer wieder runter auf mein Becken. Einen Penisbruch wollte ich nicht riskieren. Ich steuerte sie über ihre Hüften langsamer. Positionswechsel. Ich fickte sie stehend. Adriane bückte sich tief, ich lochte tief ein. Es war ein normaler Fick, der besser hätte sein können. Irgendwie war da Magie, irgendwie leider auch nicht. Als ich gekommen war, ging ich kurz danach enttäuscht. Adriane, ich dachte, Du wärst besser.

Luxus-Lisl

Ich Zürich, CH lernte ich auf einer Geschäftsmesse Elisabeth, kurz Lisl, kennen. Lisl war die stellvertretende Geschäftsführerin einer Firma, die Equipment für Filmproduktionen herstellt. Ich kannte ihren Vater, Heribert, den Gründer, gut, hatte schon einiges von ihm gekauft. Beim letzten Treffen vor 2 Jahren erzählte er, dass er kürzer treten und seiner Tochter mehr Kompetenzen übertragen werde. Heribert war 70 und hatte gesundheitliche Probleme. Stattdessen war nun seine charmante Tochter meine neue Ansprechpartnerin.

Ich interessierte mich für eine brandneue Filmtechnik. Listenpreis: 1.475.000 Euro. Zahlbar für mich, aber verhandelbar. Lisl entpuppte sich als nette Geschäftspartnerin, kam mir mit 10 Prozent entgegen. Ich handelte weiter und betonte meine Freundschaft und langjährige Zusammenarbeit mit ihrem Dad. Sie ging freiwillig runter auf 1,2 Millionen Euro, doch ich wollte sechsstellig. Ich setzte meine Tricks ein und meinen Charme, bot ihr eine Sofortüberweisung, köderte sie mit einem Abendessen beim Nobelitaliener, aber weiter als auf 1.050.000 Euro ging sie nicht runter.

„Verdammt, das ist mir noch zu viel", knurrte ich. „Gib mir einen Lösungsvorschlag." Lisl schaute in die nicht vorhandenen Sterne an der Hallendecke, blickte mir tief in die Augen, ging einen Schritt auf mich zu: „Wenn Du mir heute Nacht gehörst, treffen wir uns bei 999.999 Euro." Tja, liebe Freunde der Sonne, wie hätte ich da „Nein" sagen können. Ihr müsst verstehen, dass 50.000 ein Haufen Geld ist. Das verdienen viele nicht mal im ganzen Jahr.

Diese 50.000 Euro konnte ich in 1 Nacht sparen. In Krisenzeiten wie nach Corona und der schlechten Wirtschaftslage für jeden Geschäftsmann ein Muss, auf jeden Penny zu achten. „Deal", schlug ich ein. Lisl freute sich. „Ich hole Dich um 20 Uhr zum Essen ab", schlug ich vor. „Danach gehör ich Dir." So kam es. Nachdem wir den Kaufvertrag unterschrieben und ich das Geld transferiert hatte, durchstreifte ich den Rest der Messe nach Brauchbarem.

Dann machte ich mich auf meinem Zimmer frisch für Lisl. 20 Uhr traf ich sie. Lisl sah herrlich aus. Ihre 1,80 m Größe setzte sie sensationell in Szene mit einem sexy Kleid, das ihr endlos lange Beine zauberte, die sie auch hatte. Ihre Po-langen, kastanienbraunen Haare waren fein gewellt und gelockt. Sie hatte einen exquisiten Duft, etwas Süßliches, das mich anzog. Die 32-Jährige war Heriberts einzige Tochter, einen Sohn gab es zwar, aber der war Alki geworden, hatte dem Druck der Firma nicht standgehalten. Wir dinierten edel. 300 Euro zahlte ich.

Dann schleppte mich Madame ab in ihre Suite. Die war noch luxuriöser als meine, hatte Whirlpool und Sauna. „Ich gehöre die Nacht Dir, Du kannst über mich verfügen, Prinzessin", gab ich ihr meine Bereitschaft auf alles. Sie war eine Luxustussy, also wollte sie es auf einem gehobenen Level. Sie entfuhr schneller ihrem Kleid, als ich Augen hatte, und war im sprudelnden Pool drin. „Komm zu mir." Ich wurde zu Adam und leistete ihr Gesellschaft. Es gab teuren Champagner.

Plötzlich spürte ich ihre Hand an meinem Dick. Unter Wasser. Bevor ich reagierte, küsste sie mich. Schon war sie auf mir und stöpselte sich meine Latte ein. Es ging alles so schnell, ich konnte nicht reagieren, nur genießen. Sinnlich ritt sie mich durch den Sprudel. Ohne Gummi. Ich füllte ihre Röhre ganz aus und spürte, dass sie auffällig eng war für eine Frau ihrer Größe. Sie hatte einen festen, trainierten Körper, ich schätzte ihr Gewicht auf 63 kg. Ich war Opfer und wurde genommen. Anders wollte sie es nicht. Dominant dominierte sie mich im Wasser.

Schön war es da, da der Wandspiegel alles verdoppelte. Ich sah ihre schönen Brüste nicht nur vor mir, sondern auch von der Seite. Ihr Haar wurde nass, wieder nass, nochmal nass. Immer nasser. Sie ritt gut und geil. Irgendwann stöhnte sie auf und küsste mir ihren Orgasmus in den Mund. Als ihr Ritt zu Ende war, war ich noch nicht zu Ende. Lisl betrachtete es aber als zu Ende. „Und ich? Was ist mit mir?", fragte ich sie. „Bist Du noch nicht gekommen?" „Nein, das hättest Du gespürt und gehört", konterte ich entschieden. „Mach es mir mit der Hand zu Ende." „Quatsch, ich reite Dich, bis Du kommst", tönte sie und stieg wieder auf mich drauf. Sie nahm erneut Schwung und machte ihre Haare wieder nass und nasser.

Ich genoss diesen Traumkörper auf meinem, und meinen in ihrem. Als Lisl immer wilder ritt, musste ich kommen. Ich kam heftig unter Wasser, in ihre Höhle. Sie ritt aus und küsste mich leidenschaftlich. Erschöpft ruhten wir uns im Pool aus. „Jetzt Aufwärmen in der Sauna", lockte sie. Da sah ich zum ersten Mal ihren Body ganz nackt. Ihre langen Beine waren so schön, ihr Po eine 1, ihr Schambereich musste sich nicht schämen. Sie war rein, hatte weder Tätowierung noch Piercing. Nicht einmal einen Schamhaarstrich. In der Sauna schwitzten wir uns heiß. Netter Talk machte daraus einen zauberhaften Abend.

Lisl war eine Frau mit Stil. Eine, die weiß, was sie will. Auch eine, mit der eine Beziehung nicht funktionieren kann. Zu mächtig war sie. Kein Wunder, dass sie Single war. Dieser Single wollte sich danach erneut mit mir vereinen, diesmal auf ihrem Luxusbett. Sie wollte weder blasen noch wichsen, bestand auf Geschlechtsverkehr. Diesmal hielt sie mir ihren Po hin und bat mich, sie von hinten zu nehmen. Ich drückte ihn rein und zeigte ihr im Spiegel, wie gut ich es konnte. Sie spielte mit dem Wandportrait, als würden wir einen Porno aufnehmen.

Taten wir ja auch. Denn, was sie nicht wusste, war, dass ich meine Spy Cam im Einsatz hatte. Ich verschiedenen Variationen hundigte ich sie. Dann bestand ich auf den Missionar. Sie spreizte ihre Beine in den Spagat. Ich wusste nicht, ob ich zuerst nach links oder nach rechts schauen sollte. Daher steckte ich ihn in die goldene Mitte und begann zu ficken. Lisl kreischte laut und lauter, je hart und härter meine Stöße wurden.

Als ich kam, riss ich raus und besamte abwichsend ihren ganzen Körper. Sie räkelte sich in meinem Sperma. Die Spiralenfrau lud mich ein, die Nacht bei ihr zu bleiben. Genau das hatte ich vorgehabt. Ich wollte ihre Muschi mit Katja bekannt machen. So weckte ich sie um 5:30 Uhr mit meiner Zunge. Lisl wurde wach und kam schon. Ihr zweiter Guten-Morgen-Orgasmus folgte nur Minuten später. Nach dem dritten drehte sie den Spieß um und schenkte mir meinen ersten. Mündlich. Konnte sie es geht so. Nach einem Rodeo-Fick um 7:15 Uhr war meine Affäre beendet. Ein genussvolles Frühstück später fuhr ich zurück in mein Leben.

Geheime Fantasien

Gerne erinnere ich mich an meine Robinsonzeit zurück. Damals war ich sexuell überaktiv – genau wie heute. Ich bekam alle Damen, die ich wollte. Doch einige Ladies, die mich wollten, die wollte ich nicht. Da war z.B. die 110 kg schwere Tanja. Eine Frau, die 50 kg zu viel mit sich herumtrug. Sie war erst 24, doch leider hatte es Lady Luck nicht gut mit ihrer Silhouette gemeint. Naja, sie fraß einfach zu viel. Schon an ihrem ersten Gästetag wollte sie mich für ihre erste Gästenacht. Ich sagte höflich Nein.

Doch Tanja ließ nicht locker, sie baggerte wild, bis es mir zu bunt wurde und ich ihr eine klare Abfuhr erteilte. Auf die Frage „Warum nur?" erklärte ich ihr meine Vorliebe für schlanke Frauen. Tanja war todtraurig, doch sie musste sich abfinden. Sie versprach mir, wiederzukommen, dann deutlichst schlanker. „Nimmst Du mich, wenn ich die Hälfte abspecke?" „Wenn Du minus 25 kg anbietest, haben wir einen Deal", lächelte ich.

Ein halbes Jahr später stand eine andere Frau vor mir. Es war immer noch Tanja, aber ich erkannte sie zuerst nicht. Sie sah gut aus. „Ich bin´s, Deine Tanja!", begrüßte sie mich überschwänglich. Sie hatte sich über die Rezeption im Vorfeld ihrer Buchung erkundigt, ob ich noch hier war, und bot mir nun tatsächlich einen anderen Körper an. „Ich habe 35 kg abgenommen", flötete sie stolz aus ihrem neuen Gesicht heraus. In der Tat: Sie sah wirklich gut aus. Ich löste mein Versprechen ein.

Im Bett allerdings spürte und sah ich noch Lappen voller Haut, die durch das starke Abnehmen herunterhingen. Sexy war das nicht! Aber da musste ich durch. Ich vögelte sie die 7 Tage, die sie blieb, und machte sie damit glücklich. Eine andere schräge Geschichte war Marion, die Mutter meines Kollegen Benny. Marion war sexy, aber halt schon Ü50. Sie feierte ihren 51. im Club und hatte es nach einigen Flaschen Alk auf mich abgesehen. Ich wollte aber nicht. Schließlich bat mich ihr Sohn Benny, sie zu erfüllen. „Spinnst Du!?", grätschte ich Benny an. „Du willst doch nicht im Ernst, dass ich Deine Mutter ficke." „Lieber Du als ein Arschloch", antwortete er trocken. „Die ist stockvoll, die will es heute.

Ich weiß, dass sie bei Dir in besten Händen ist." Ich fasste die Welt nicht mehr. Benny zuliebe tat ich es auch noch. Marion war so im Suff, dass sie während des Ficks einschlief. Lag nicht an mir, sondern am Alkohol. Ich fickte sauber zu Ende und bewichste ihren Körper als würdevolle Erinnerung. Am nächsten Tag war es ihr peinlich, mir ebenso. Immerhin war Benny zufrieden, dass seine Mutter feinen Geburtstagssex bekommen hatte. Ich hatte etwas Spannendes mit Kollegin Sabrina, da mischte sich Kollegin Yvonne ein. Sowohl Sabrina als auch Yvonne waren HSVs, also Hochsaison-Verstärkungen.

Sie blieben nur 31 Tage. Sabrina war mir verfallen, wir hatten geilen Sex. Auch Yvonne hatte sich in mich verschossen und bettelte Tage vor ihrer Abreise um mehr als nur heiße Worte. Der Sex mit Sabrina war so gut, dass ich diesen auskosten wollte bis zum Schluss. Yvonne bettelte so lange an mir herum, dass ich ihr einen Mittagsfick schenkte. Dieser war so gut, dass ich die Sache mit Sabrina beendete und die letzten 3 Tage mit Yvo verbrachte. Sabrina war wütend und ließ sich aus Rache an mir von Kollege Joey bumsen.

Einige Mal musste ich massiv um die Schönheit meiner Wahl kämpfen. Manchmal klappte es, manchmal nicht. Eine davon war Marina. Sie war eine bildhübsche Blondinenkollegin, in die ich mich verschossen hatte. Leider war ihr Freund mit von der Partie, seinen Namen habe ich vergessen, sein dämliches Surfergesicht nicht. Ich machte seiner Marina Avancen, sie war nicht abgeneigt, doch die Anwesenheit ihres langhaarigen, schmalen Freundes ließ nichts für sie zu. Einmal griff sie mir in die Hosentasche an meinen Penis, ein anderes Mal glitt sie mir in die Hose und streichelte ihn steif, aber mehr gab es nicht.

Irgendwann verließ Marina den Club wieder für München. Jahre später traf ich sie am Hauptbahnhof. Ich erkannte sie sofort. Unser Wiedersehen war wunderschön und innig. Wir tauschten Nummern und gingen ein paar Tage später zusammen essen, wieder ein paar Tage später in die Therme Erding. Sie war solo, es sprach nichts gegen. Als ich in der Therme ihren Traumkörper sah, flatterten mir meine Ohren weg. Ihr schwarzer Schamhaarstrich machte mir zum ersten Mal klar, dass sie eine künstliche Blondine war. Am selben Abend fickten wir.

Ich sie. Sie mich. Wir uns. Es war so erfüllend, endlich das Superweib zu haben, was mir damals verwehrt gewesen war. Wir hatten innigen Sex, der aber nach einigen Wochen auslief, da sie keine Beziehung wollte und ich in einer mit Andrea steckte. Ich entschied mich für Andrea, war damals richtig. Lange musste ich auch um Clara Louisemarie kämpfen. Ich lernte sie nebenan kennen, als sie einzog. Ich lebte mit Andrea zusammen und wir hatten unser erstes Kind, waren verheiratet und sehr glücklich. Trotzdem vögelte ich wild umher, ohne dass sie es merkte. Als Clara Louisemarie im Haus neben uns einzog, wusste ich sofort: Die will ich haben! Das Haus neben uns hatte 4 Parteien mit 3-Zimmer-Wohnungen.

Wir kannten unsere Nachbarn gut und mochten uns gegenseitig. Hans und Hubert waren ein schwules Paar, das uns regelmäßig zum Grillen in den Garten einlud. James und Cindy ein Pärchen aus Detroit, beide arbeiteten für die Stadt. Manuela eine alleinerziehende Mutter mit 2 kleinen Jungs, sie wurde zur guten Freundin der Familie. Clara übernahm Frau Meiers Appartement. Die Alte musste ins Altenheim. Clara war Mitte 20 und hübsch. Sie arbeitete als Kellnerin in einer Lounge und studierte nebenher Medizin.

Wollte Schönheitschirurgin werden. Schnell ergab sich ein enger Kontakt mit ihr. Sie war neu in der Stadt und kam aus Saarbrücken, wo sie sich von ihrem Langzeitfreund David getrennt hatte. Da ihre lieben Großeltern bei München wohnten, zog sie nach Bayern. Als wir eine Poolparty schmissen, machte Clara tüchtig mit. Da sah ich, was sie zu bieten hatte.

Es waren auch zahlreiche andere Gäste da. In unserem großen Pool ging es zur Sache. Da fiel mir auf, dass sich meine Andrea und Clara sehr nahe kamen. Meine Ex-Gattin steht voll auf Männer, das weiß ich, einmal allerdings hatte sie Lust auf lesbischen Sex, mit Lena. Mann, war das heiß, denn ich durfte mitmachen. Rückblick: Stress in der Firma trieb mich dazu, 1 Woche Urlaub einzureichen. Eigentlich wollte ich nur zu Hause bleiben und mich mit Andrea und meinem Sohn John Paul ausruhen, aber durch Zufall erfuhren wir von einem schönen Ferienort in der Schweiz: Bönigen am Brienzersee. Wir informierten uns. Das Hotel „Seiler Au Lac" gefiel uns auf Anhieb gut.

44

Wir entschlossen uns, 5 Tage hin zu fahren. Es war eine richtige Entscheidung! Das Hotel erwies sich als perfekt für unsere Bedürfnisse. Gutes Essen, schönes Zimmer, nette Leute, beste Lage, Ruhe, Erholung. Der erste Tag verlief unspektakulär, doch am zweiten lernten wir Lena kennen. Lena war 27 und Mutter eines 2-jährigen Boys namens Simon. Beim Frühstück fragte sie, ob bei uns noch Plätze am Tisch frei wären, wir bejahten und freuten uns auf nette Gesellschaft. Nett war sie, und auch hübsch. Lena kam aus Bern und arbeitete bei einer Werbeagentur. Einen Ehemann hatte sie, aber nur noch auf dem Papier.

„Die Scheidung läuft", erklärte sie. Lena gefiel mir: Sie war klein, 1,58 m, und wog nicht mehr als 48 kg. Ein zartes und schönes Püppchen. Sie trug schulterlanges, blondes Haar und hatte sexy Augen. Der kleine Simon und John Paul verstanden sich prima. Lena blieb wie wir bis Ende der Woche, genug Zeit für die Jungs, Spaß miteinander zu haben. Das Hotel verfügte über einen Wellnessbereich mit Swimmingpool, Sauna, Fitnessstudio und mehr. Kinder-, sogar Babybetreuung gab es.

Das mussten wir ausnutzen. Unsere Kinder gaben wir in Obhut und gingen schwimmen. Im Schwimmbad sah ich, was Lena zu bieten hatte: Ein wunderschöner Körper, bedeckt von äußerst wenig Stoff, lächelte mich an. Dann sprangen wir 3 ins kühle Vergnügen. Angeregt unterhielten wir uns über Gott und die Welt und hatten Spaß zusammen. Schnell merkten wir, dass Lena ziemlich offen war, in jederlei Hinsicht. Irgendwann kamen wir auf das Thema Sex zu sprechen, und Lena verriet uns: „Ich habe Sex mit Männern und Frauen, beides ist geil." Wir staunten. Ein paar Details mehr packte sie aus:

„Gruppensex habe ich schon gehabt, wir waren 2 Frauen und 1 Mann. Das war ein Erlebnis, werde ich nie vergessen!" Schlimmste Fantasien schlugen Purzelbäume in meinem Kopf. Würde Andrea so etwas mitmachen? Würde ich das überhaupt wollen? Ich überlegte. JA! Ich will! Am Abend, John Paul war längst im Lala-Land, hatten Andrea und ich Sex, dann schliefen wir ein. Irgendwann rüttelte sie an mir herum, ich wurde wach. „Was ist los?", fragte ich schlaftrunken. „Ich kann nicht schlafen." „Warum?" „Wegen Lena." Ich wurde wach. „Lena? Was ist mit ihr?"

„Sie hat doch heute erzählt, dass sie schon mal Gruppensex hatte. Hattest Du auch?" „Ja", antwortete ich. „Wann?" „Ist schon lange her", log ich, „weit vor Deiner Zeit." „Aha, und wie war das?" Neugierig war sie, meine kleine Frau, aber mich erregte das Thema so, dass ich ihr Auskunft gab. „Es waren 2 hübsche Stewardessen, sehr vertraut miteinander. Die machten so etwas wohl öfter. Von der einen habe ich so gut lecken gelernt." Andrea schaute mich mit großen Augen an. „Würdest Du so etwas wieder machen wollen?" „Naja", antwortete ich, „warum nicht? Es ist schon verdammt geil mit 2 Frauen.

Aber jetzt habe ich ja Dich, und ich weiß nicht, ob Du sowas mitmachen würdest. Darüber haben wir nie gesprochen. Muss ja nicht sein, oder?" „Hm", überlegte Andrea, „nein, dieser Gedanke ist mir nie gekommen … bis heute." Ich horchte auf. „Lena ist eine Süße, obwohl ich ja nicht lesbisch bin, aber irgendwie zieht sie mich an. Das macht mich unsicher. Meinst Du, die würde mit uns wollen?"

„Würdest Du das wollen?", fragte ich sie. „Würdest Du wollen?" „Ich weiß nicht, wenn es Dein Wunsch ist, vielleicht." Andrea betrat Neuland. „Schatz, Du weißt, ich liebe Dich über alles und bin verdammt glücklich mit Dir. Du bist der einzige Mann, den ich liebe und immer lieben werde. Hättest Du etwas dagegen, wenn es zu einem Dreier mit Lena kommen würde? Würdest Du mitmachen, oder ist das ein Tabu für Dich?" „Also, Wenn Du gerne Sex mit Lena haben willst, würde ich Dich nicht im Stich lassen", gab ich Andrea zu verstehen und umarmte sie. Mit vielen geilen Gedanken im Kopf und Andrea im Arm schlief ich gut ein.

Am nächsten Morgen wirkte Andrea zielstrebig. „Mal schauen, was passiert", lächelte sie und drückte mich fest. Lena erschien sexy zum Frühstück und grinste uns verwegen an. Unsere Kinder gaben wir in Betreuung und beschlossen, die Poolspiele fortzuführen. Andrea lenkte das Gesprächsthema bewusst auf Sex und flirtete heftig mit Lena, der das gefiel. So kannte ich meine Frau nicht! Sie wollte es, das war klar zu spüren. Lena biss an und kokettierte mit uns. Als uns kalt wurde, fanden wir den Weg in die Sauna. Da saßen wir nun, zu dritt, nackt und geil aufeinander.

Wir waren die einzigen Saunabesucher und konnten uns unterhalten. Irgendwann hielt es Lena nicht länger aus und meinte: „Ich weiß nicht, wie offen Ihr seid, aber Sex zu dritt ist klasse." Sie schaute uns auffordernd an: „Habt Ihr Lust?" „Ja!", schoss es aus Andrea heraus, noch bevor ich etwas sagen konnte. „Und Du?" „Ich auch", nickte ich und erzeugte ein Lächeln bei beiden anwesenden Damen. Also los! Wir zogen uns Bademäntel über und machten uns auf den Weg in Lenas Zimmer. Dort angekommen, ging es los. Lena ließ den Plüschumhang fallen und hüpfte nackt aufs Bett. Andrea konnte das auch.

Die Mädels fingen an, sich näherzukommen. Vorsichtig und zärtlich die ersten Berührungen, dann der erste Kuss. Mann, das knisterte! Lenas Körper war wunderschön: Ihre Brüste klein und fein, ihre Beine elegant und geschmeidig, ihre Pussy blank rasiert und roch auf 2 m Entfernung so gut. Die Berührungen nahmen zu, auch meine. Ich hatte meine Hand unter dem Badekittel und spielte mit meinem Dong. Als Lena anfing, Andreas Brüste zu küssen, drehte diese vor Geilheit fast durch.

Das musste ich aus nächster Nähe erleben! Ich kuschelte mich an Andrea und nahm sie fest in den Arm. Lena wanderte tiefer und berührte Andreas Muschi. Zuerst mit ihren Fingern, dann mit ihrem Mund verwöhnte sie den Venushügel und die Lustgrotte meiner Liebsten. Andrea stöhnte. Ich küsste Andrea auf den Mund, dann in den Mund, mit viel Zunge. Lenas Aktivitäten wurden stärker, auch Andreas Reaktionen darauf. Plötzlich bäumte sich Andreas Körper auf und sie schrie mir ihren Orgasmus rein. Sie zuckte und schüttelte sich und mich durch.

Dann Erholung. „Wahnsinn!", lobte sie Lenas Leistung und schaute mich glücklich an. „Schatzi, das war so interessant, Lena leckt ganz anders als Du." „Wie anders?", fragte ich. „Na, anders einfach." Weitere Einzelheiten waren mir egal, denn jetzt wollte sich Andrea bei Lena revanchieren. Lena öffnete ihre Beine und Andrea leckte zum ersten Mal Pussy. Gut machte sie das. Als ich anfing, Lena zu streicheln, wurde Andrea eifersüchtig und stieß meine Hand beiseite. Einen erneuten Versuch wies sie noch deutlicher zurück. Egal, dann eben nicht, dann schaue ich nur zu. Andrea machte es Spaß, eine Frau zu verwöhnen. Ihre Zungenspiele fanden in Lena eine dankbare Abnehmerin.

Zackig kam nun sie. „Ah!", stöhnte sie laut und drückte Andreas Kopf noch tiefer in ihren Schoß. Nachdem Andrea ausgeleckt hatte, lächelte Lena und küsste sie auf den Mund. Nun war ich dran. Ich war gespannt, was passieren würde: Eifersucht oder Offenheit? Leider Eifersucht. Als Lena an meinen Penis wollte, war Andrea schneller und griff zu. Diesen Griff löste sie nicht mehr, bis ich kam. Lena durfte meine Brust streicheln und sogar küssen, mehr nicht. Mein Penis war tabu für sie, zumindest aus Sicht von Andrea. Nicht so schlimm, eine Maus am Schwanz, eine andere nackt neben mir, es gibt Schlimmeres.

Andrea gab sich Mühe, meinen Penis nach allen Regeln der Kunst zu stimulieren. Mit Rechts, mit Links, mit beiden Händen, mit Mund, mit Zunge, mit Mund und Hand – sie führte Lena alle Variationen vor und schenkte mir einen spritzigen Orgasmus. Lena staunte und jubelte, Andrea protzte stolz. Glücklich lagen wir da und genossen den Moment. Lena war die Erste, die etwas sagte: „Schön war das!" „Fand ich auch!", kam von Andrea. „Ich auch!" – ich.

Ein flotter Dreier kann etwas so Tolles sein. Ich konnte es kaum fassen, dass Andrea zu so etwas bereit war und so tatkräftig mitmischte. Am Nachmittag unternahmen wir alle 5 zusammen einen Ausflug in die Natur und picknickten. John Paul und Simon beschäftigten sich miteinander und spielten zusammen, während Lena, Andrea und ich uns unterhielten. Wir lagen auf einer Wellenlänge. Der Abend nahte und die Kinder wurden müde. Nach dem Abendessen stopften wir sie in die Heia und kamen uns erneut näher. Diesmal ging die Initiative von Lena aus: „Habt Ihr Lust, das von heute Vormittag zu wiederholen?"

Andrea nickte. Ich auch. Während die Kinder im Nebenzimmer schliefen, machten wir es uns nackt auf dem Bett gemütlich. Lena startete mit heißen Zungenspielen mit Andrea. Meine Rolle war die des stillen, aber geilen Beobachters, der den beiden hübschen Frauen zusah. Lena streichelte und küsste Andreas Körper von oben bis unten und konzentrierte sich dann auf Andreas Muschi. „Oh ja!", stöhnte sie, als Lena anfing, sie oral zu verwöhnen. Lena konnte sehr gut lecken. Schnell und klitorisvertraut. Andrea zog mich zu sich und spielte mit meiner Latte. Geil! Nach 7 Minuten kam sie.

Andrea zuckte und stieß spitze Schreie aus, dann sackte sie zusammen und küsste mich auf den Mund, dann Lena. „Jetzt ich Dich!", kündigte sie an und bereitete sich darauf vor, Lenas saftige Pussy auszuschlürfen. Lena war so geil, dass sie mich zu sich runter zog und in den Mund küsste. Oh, wenn das Andrea mitbekommt ... Erstaunlicherweise ließ sie es zu. Sie war wohl selbst derart geil, dass es ihr in diesem Moment egal war. Lena küsste gut ... und tief! Ihre Zunge schloss Freundschaft mit meinem Gaumen und begrüßte jeden meiner Zähne einzeln. Ich hatte Gefallen daran und knutschte mit. Gleichzeitig streichelte und knetete ich ihre Brüste, auch dagegen hatte Andrea nichts einzuwenden.

Konzentriert leckte Andrea weiter, bis Lena erbebte und ihren Höhepunkt feierte. Ich musste die Lena festhalten, so sehr stieß sie sich vom Bett ab und spannte ihren Körper an. Glücklich strahlten sich beide Damen an, dann mich. Nun war ich an der Reihe. Ich hoffte, diesmal mehr Lena abzubekommen, und meine Wünsche wurden erfüllt. Bereitwillig teilte Andrea mich mit Lena. Nachdem Andrea meinen Penis hart gespielt hatte, übergab sie ihn Lena, die ihrerseits zeigte, dass sie Ahnung von Männern hat.

Gekonnt masturbierte sie mich mit ihrer rechten Hand, bis ich meinen Orgasmus ankündigte. Andrea übernahm schnell und wichste mich zu Ende auf Lenas Titten. Ich war außer mir, vor Puste, aber auch vor Freude. Sex mit einer anderen Frau ... und das mit tatkräftiger Unterstützung meiner eigenen. Davon träumen alle Männer! Lena bedankte sich bei Andrea, dass sie auch ran durfte, und fragte mich, ob es schön war. „Es war supergeil, von Euch so verwöhnt zu werden", antwortete ich und nahm die beiden Hübschen in meine Arme.

Plötzlich hatte ich wieder einen Steifen. „Ich glaube, da ist einer schon wieder geil", lächelte Lena und deutete auf meinen Ständer. „Einer? Zwei!", grinste Andrea und zeigte auf sich. „Drei!", triumphierte Lena und stellte sich in den Mittelpunkt. „Ich bin wieder voll geil! Wollen wir noch mal?" Die Antwort auf diese rhetorische Frage ließ nicht lange auf sich warten: Schnell gingen die Fummeleien in Sex über. Ich hatte solch eine Lust, die Mädels zu ficken.

Andrea kniete sich in Position und ich besorgte es ihr Doggy. Lena legte sich vor Andrea und gab ihr das Zeichen, sie zu lecken, was Andrea sofort tat. Was für ein Bild! Ich ficke meine Frau von hinten, und die leckt Lena. Hammer! Bald kam Lena, bald kam ich. Lena schrie, ich stöhnte. Mein Sperma lief aus Andreas Schlitz heraus und tropfte auf das Bett. Erschöpft, aber glücklich sackte ich zusammen. Andrea umarmte mich so fest, dass ich kaum Luft bekam, und wir genossen unsere Nähe. Lena atmete immer noch tief und ließ den Orgasmus auf sich wirken. Ein paar Minuten später schliefen wir zu dritt im Bett ein. Am nächsten Morgen kotzte John Paul die Bude voll. Dem Kleinen ging es nicht gut, er war knallheiß und hatte einen roten Kopf.

Das machte uns Sorgen. Wir entschieden uns, den Tropf zum Arzt zu bringen. Lena war schon weg, sie wollte mit ihrem Simon-Sohn in den Wildpark fahren. Ich war noch hundemüde und wäre gerne liegen geblieben. Das hat Andrea bemerkt: „Du schläfst aus, ich fahre mit John Paul in die Stadt zum Doktor." „Ich komme gerne mit." „Ich weiß, aber gönne Du Dir noch ein bisschen Erholung, in 1 bis 2 Stunden bin ich wieder da."

Andrea und JP gingen. Minuten später klopfte es laut. „Schon wieder da?", fragte ich, während ich die Tür öffnete. Da standen Lena und Simon. „Ich dachte, Ihr seid bei den Tieren." „Wollten wir, doch der blöde Park hat heute zu", motzte Lena und schaute mich fragend an: „Wo ist Andrea?" Ich erzählte ihr von den Vorkommnissen und Andreas Trip mit John zum Arzt. „In 1 bis 2 Stunden will sie wieder hier sein."

Lena schaute mich geil an: „1 bis 2 Stunden? Viel Zeit." Ich wurde wach und blickte ihr tief in ihre blauen Augen. Ich verstand sofort. „Zu mir!", rief Lena und rannte vor. Ich schnell im Schlafmantel hinterher. Auf dem Weg stoppten wir bei der Kinderbetreuung und gaben Simon in den Hort. Nun waren wir allein. Lena und ich. Kaum waren wir in ihrem Zimmer, zog sie sich, dann mich aus. Zielstrebig waren ihre Aktionen, sie wollte endlich das haben, was ihr bisher verwehrt blieb: Mich. Ich war gespannt und gierig auf diese hübsche, junge Frau. Lenas Küsse schmeckten lecker und bedeckten meinen Körper. Schließlich umkreise sie mit ihrer Zunge meinen Penis. Zärtlich spielte sie saugend an meinen Hoden und leckte meinen Schaft auf und ab.

Dann nahm sie ihn in den Mund und fing an zu blasen. Sie blies ihn so hart, dass er fast explodierte. Mit unglaublichem Talent absolvierte sie ihr Tun. Ihre Augen waren zu, ihre Hand fuhr mit ihrem Mund auf und ab, ihre Muschi funkelte mich an. „Gleich ist es soweit", kündigte ich ihr meinen Samenerguss an. Lena blies seelenruhig weiter und nahm Ladung für Ladung gut auf. Stromstöße zuckten durch meinen Körper, meine Adern waren geschwollen, mein Becken zitterte wie Espenlaub. Sie schluckte alles. Ich strahlte Lena an und nahm sie in meinen Arm.

Sperma klebte an ihrem Mund, sie sah so niedlich aus. „Ich hätte total gerne mit Dir geschlafen, aber wollte Dich auch so zum Orgasmus bringen", lächelte sie. „Das war Spitzenklasse!", lobte ich und küsste sie zärtlich. „Zur Belohnung leck ich Dich." Glücklich spreizte sie ihre Beine. Zuerst sanft, dann intensiver, schließlich mit Katjas Spezial-Lecktechnik katapultierte ich sie ins Wahnsinnsland. Lenas Muschi flutete durch, als sie kam. Sie roch so gut da unten, daraus könnte man Parfüms kreieren. „Puh! Das war der Hammer!", jubelte sie und wollte kuscheln. Na gut, ein paar Minuten.

Aber ich wurde unruhig. Andrea und JP könnten vielleicht schon zurück sein. Ich musste in mein Zimmer. Lena hatte Verständnis und versprach mir, Andrea von diesem Erlebnis nichts zu erzählen. „Bleibt unser Geheimnis", flüsterte sie und drückte mir einen Kuss auf die Lippen. Ich eilte in mein Zimmer, zum Glück war noch keiner da. Schnell ins Bett. 20 Minuten später klopfte es und ich hatte meine Familie wieder. „Es ist nichts Schlimmes", beruhigte mich Andrea, „er hat ein bisschen Fieber. Ich war in der Apotheke und habe einen Sirup geholt."

„Gott sei Dank", freute ich mich und nahm meine beiden Schätze in den Arm. Später sahen wir Lena und berichteten ihr von John Pauls Status. Gemütlich verbrachten wir den Nachmittag. Andrea hütete JP, Simon spielte mit anderen Kindern, Lena, Andrea und ich unterhielten uns. John ging es von Minute zu Minute besser. Wir waren sehr froh. Nach dem Abendessen gingen wir auf unser Zimmer und legten die Kleinen schlafen. Ich war gespannt, ob sich was ergeben würde. Nach dem nervlich so anstrengenden Tag wusste ich nicht, wie meine Andrea drauf war, ob sie noch Lust auf Sex mit Lena und mir hatte.

Wohl eher nicht, schien mir. Na, dann muss man halt Überzeugungsarbeit leisten, schließlich war es der letzte Abend, und da will man noch was erleben. Ich ließ mich aufs Bett fallen und wartete. Lena kam zu mir und blickte mich fragend an. Dann legte sie sich in meinen Arm. Was nun? Andrea hatte das registriert. Wie würde sie reagieren? Noch saß sie da und schaute aus dem Fenster. Dann fing Lena an, mich zu streicheln. Ich wusste nicht, was ich tun soll. Ihre Hand war unter meinem Hemd und sie küsste meinen Hals. Andrea blickte zu uns. Eifersucht oder Offenheit? Diesmal war es Offenheit! Andrea sah gespannt zu, wie Lena wilder wurde.

Schnell waren wir beide nackt, und Lena fing an, meinen Penis zu streicheln. Andrea? Hatte die Hand in ihrem Schoß und rubbelte. Als Lena anfing, meine Penis zu blasen, kam Andrea zu uns gekrochen und beteiligte sich. Von Mund zu Mund, von Hand zu Hand wanderte mein Zauberstab, ich konnte mein Glück kaum fassen. 2 bildschöne Frauen, eine meine, verwöhnten mich nach Strich und Faden. Dann blickte Lena Andrea intensiv in die Augen und fragte: „Hast Du etwas dagegen, wenn ich Deinen Mann reite? Ich habe so Lust darauf."

Andrea zögerte. Sie wusste, dass morgen alles vorbei sein und wir Lena wahrscheinlich nie wieder sehen würden. Sie wusste, dass es nur ein Spiel war. Sie wusste, dass ich ihr gehöre, keiner anderen Frau. Wahrscheinlich deshalb war sie einverstanden. Supergeil. Brave Frau. Lena hatte Kondome dabei und streifte mir eins über. Wir hatten keines im Gepäck, Andrea und ich benutzen so etwas seit Jahren nicht mehr. Zart wie eine Gazelle hockte sich Lena über mich und nahm auf meinem harten Prügel Platz.

Andrea lag daneben, schaute uns zu und befriedigte sich selbst. Elegant ritt Lena auf mir, langsam und zärtlich. Andrea kam. Cool, ich hatte noch nie zugesehen, wie sie es sich besorgte. Lena und ich fickten weiter. Andrea rubbelte nun Lenas auf und ab sausende Pussy, bis diese quietschend zum Orgasmus kam. Ich hatte noch Saft und Kraft, also nahm Andrea auf mir Platz, ohne Kondom. Zügig ritt sie mich, bis sie nochmal kam. So etwas hatte ich noch nie geleistet. 2 Frauen erlebten auf mir hintereinander ihre Orgasmen in weniger als 5 Minuten.

Was bin ich nur für ein Hecht! Die Damen überlegten, wie sie mich erlösen könnten. „Lass es uns mit dem Mund zu Ende machen", schlug Andrea vor und schnappte zu. Abwechselnd saugten und lutschten sie, doch nicht sehr lange, denn ich spürte den point of no return in Siebenmeilenstiefeln heranschreiten. Das merkte auch Lena. „Darf ich?", fragte sie Andrea, die ihr mein bestes Stück übergab. Es waren nur noch 15 Sekunden, bis ich kam. Diese 15 Sekunden blies Lena einfach genial.

Ich spürte meinen Orgasmus brodeln, das war abartig, ich dachte, ich würde die Besinnung verlieren. Mit einem tiefen Stöhner schoss ich meine Ladungen ab. Lena schluckte heftig, kam kaum hinterher. Es lief aus ihrem Mund und bedeckte ihre mitarbeitende Hand. Andrea wollte auch von mir schmecken und saugte die letzten Tropfen auf. Geschafft! Geiler Sex! Geiler Dreier! Geiler Urlaub! Ich war überglücklich und verbrachte die Nacht mit beiden Mädels zusammen im Bett. Am Morgen war Hektik. Wir hatten verschlafen und mussten uns sputen.

Die Koffer packen, aufräumen, uns frisch machen, Abschied nehmen, abreisen. Wir bedankten uns bei unserer neuen Freundin, tauschten Adressen und versprachen, uns wiederzusehen. Einige Monate später: Ich kam von einem mehrtägigen Arbeitstrip nach Hause. Andrea und John Paul waren nicht allein. Lena und Simon waren auch da! Lena sah umwerfend aus. Ihre Haare trug sie länger, sie war aufreizend gekleidet und strahlte mich an. Ich musste mich sammeln, um die Situation überblicken zu können. Andrea küsste mich als erstes, dann war Lena dran, die mich eng drückte und busselte.

„Stell Dir vor, gestern klingelte es an der Tür, ich machte auf … und da standen sie", erzählte mir Andrea, während sie mich ins Haus führte und mein Sakko abnahm. Ich erfuhr, dass Lena und Simon ein paar Tage frei hatten und bei Verwandten in Landshut waren, doch leider war es am zweiten Tag zu einem bahnbrechenden Streit gekommen und Lena packte ihre Sachen plus Simon und düste davon. „Da habe ich an Euch gedacht", grinste sie. „Und wollte Euch besuchen." Lena hatte noch ein paar Tage frei, diese durfte sie bleiben. Wir aßen und legten die Jungs schlafen. Lena erzählte uns, dass sie mittlerweile von ihm Mann geschieden sei und das Leben als Single-Frau genieße.

„Kein Blödmann, der mich doof anmacht, dem ich den Haushalt erledigen und die Hemden bügeln muss, der sich in die Erziehung meines Kindes einmischt, der schlecht fickt und mich den ganzen Tag nervt – das ist ein schönes Leben jetzt", plauderte Lena aus dem Nähkästchen. „Bei Euch, ist immer noch alles so schön?" „Ja", antwortete ich, „wir sind immer noch so glücklich wie am ersten Tag." „Mein Schatz", schmachtete mich Andrea an und küsste mich. Es war spät, die Lena war müde und wollte schlafen. Wir auch. Im Bett schaute mich Andrea heiß an: „Du", startete sie, „die Lena ist noch genauso sexy, findest Du nicht?" „Doch", sagte ich, „sie ist eine sehr hübsche Frau."

„Ich habe Lust auf Sex zu dritt", flüsterte mir Andrea ins Ohr und küsste mich dort. Ich horchte auf. „Echt?" „Ja, und Du?", fragte sie mich und griff nach meinem Penis. „Naja, warum nicht? Wenn Du möchtest …" „Ja, wäre geil!", lechzte Andrea und begann, meinen Dong zu wichsen. „Meinst Du, Lena hat auch Lust?" „Fragen wir sie, dann wissen wir´s", war meine treffsichere Antwort. Schon war Andrea im Stand und zog mich hinter sich her. Vorsichtig klopfte sie an Lenas Tür und trat ein.

„Wer ist da?", hauchte diese irritiert. „Na, wir", flüsterte Andrea. „Dann ist alles gut." Lena kam zu sich und sammelte sich und ihren Verstand. „Du kannst Dich doch an das erinnern, was wir im Hotel zusammen gemacht haben. Hast Du Lust darauf?", fragte Andrea. „Du meinst den Sex zu dritt?", fragte Lena. „Ja", nickte Andrea begeistert. „Na klar!", schoss es aus Lena heraus. „Auf geht´s!" Auf einmal war die Lena putzmunter und pudelwach.

Sie folgte uns ins Schlafzimmer, wo das heiße Spiel begann. Ich konnte es kaum fassen, dass Andrea wieder so offen war und Sex zu dritt wollte. Aber das lag an Lena, mit einer anderen Frau wäre tabu für sie. Genauso Sex mit einem anderem Mann und mir. Das machen nur Schlampen. Die Ladies legten los wie die Feuerwehr. Mit Leidenschaft küssten sie sich aufs Bett und zogen sich ihre Nachthemden aus. Lenas Körper war wunderschön: Ihre Brüste standen, ihr Bauch war so straff, ihre Muschi blitzeblank. Ich kroch zu den Grazien ins Bett und hielt mich noch vornehmlich zurück, zu geil war das Geschehen um mich herum.

Lena begann, Andreas Brüste zu liebkosen. Meine Frau genoss es und ließ sich fallen. Lenas Kopf rutschte tiefer, bis sie an Andreas Schambereich angekommen war. A trug ebenso blank wie L und stöhnte auf, als diese ihre Zunge einlochte. Meine Maus hielt sich am Bettlaken fest, während Lenas Zunge ihren Topf umrührte. Nun kam ich ins Spiel. Ich küsste Andrea mit Zunge, während ich Lenas Köpfchen streichelte. Diese erwiderte meine Zärtlichkeit und griff nach meinem Penis, der noch steifer wurde. Lenas Zunge arbeitete gut, Andrea atmete lauter und kam heftig zum Orgasmus.

Sie beherrschte sich, um nicht die Kinder mit ihren lauten Schreien zu wecken, also jaulte sie ins Kissen. Als sie sich beruhigt hatte, entdeckte sie Lenas Hand an meinem Dong und gesellte sich zu ihr. Zu zweit beschäftigten sie sich mit meinem Penis, der hart wie eine Eiche war. Andrea blies zuerst, dann zog Lena nach. Lenas Lips fühlten sich unglaublich gut an. Es erregte mich, ihr zuzusehen, wie sie mich oral verwöhnte, dass ich mich beherrschen musste, nicht schon jetzt in ihren Mund zu kommen. Andrea übernahm und führte Lenas Kunst beherzt fort. Tief und intensiv blies sie mich, bis sich mein Sperma auf die Abschussrampe begab.

Gerade, als sie Lena meinen Penis übergab, spritzte es aus mir raus und erwischte Lenas Gesicht. Die zuckte, griff aber fest zu und wichste schnell weiter, sodass ich keinen Gefühlsverlust erleiden musste. Andrea wollte mitmachen und kraulte meine Eier. Es war ein Hammerorgasmus, ich war so glücklich! Die Einzige, die noch nicht gekommen war, war die Lena. Das musste sich ändern.

Während Andrea sie küsste, kümmerte ich mich um Lenas süße Pussy. Zuerst mit den Fingern, dann mit dem Mund. Lena schmeckte köstlich. Nun wollte Andrea lecken, so tauschten wir die Plätze. Als ich spürte, dass Lena kurz vor ihrem Höhepunkt war, rutschte ich zu Andrea runter und leckte mit. Andrea an, auf und in ihrer Ritze, ich den Venushügel zur Klitoris. Lena kam als Erdbeben. Das Bett wackelte und Lena keuchte ihre Lust in die Decke, auf die sie biss. Glücklich lagen wir uns in den Armen und ruhten uns von den sexuellen Anstrengungen aus. „Das war geil", strahlte Lena.

„Finde ich auch", grinste Andrea. „Me too", war mein Kommentar. Am Morgen musste ich zur Arbeit. Während ich mich mit einer Produktion herumschlug, fuhren die Frauen mit den Kids an den Starnberger See mit Picknick und allem Drum und Dran. Am Abend waren die Jungs müde und fielen in das Bett. „Zeit für uns", grinste Lena und fing mit dem sündigen Spiel an. Die beiden Mädels tuschelten und schleppten mich ab. Ich sollte mich ausziehen und nackt aufs Bett legen. Augenbinde! Und jetzt? Ich spürte, wie ein Kondom über meinen Penis gezogen wurde und eine saftige Pussy auf mir Platz nahm.

Es war Andrea, das spürte ich sofort. Ihre Pussy würde ich unter Tausenden erkennen. Sie ritt mich 2 oder 3 Minuten, dann stieg sie ab und eine andere Pussy nahm Platz. Lena. Lena ritt mich ebenfalls 2 bis 3 Minuten, dann tauschten sie wieder. Ich hörte Kichern. Was hatten sie vor? Ich hatte keine Ahnung, nur merkte ich, dass die Reitintervalle deutlich kürzer wurden. Vielleicht 1 Minute jeweils. Ich wusste kaum, wer gerade auf mir drauf war, so schnell ging das alles. Irgendwann überschritt ich den Punkt, ab dem es kein Zurück mehr gibt, und kam brutal ins Kondom.

Als es fertig war, schob ich die Augenbinde beiseite und sah Lenas kleinen Körper auf mir knien. Sie war es, die mich zum Orgasmus geritten hatte. Arme Andrea, hoffentlich verkraftet sie das und macht mir keine Szene, dachte ich, aber Andrea war easy drauf, sie schien kein Problem zu haben. „Es war eine Wette", erklärte mir Lena das Spiel. „Wir haben uns auf der Uhr immer 60 Sekunden gegeben, dann war Wechsel. Wir wollten sehen, in wem Du kommst.

Ich habe die Wette gewonnen, meinen Wetteinsatz bitte!" „Um was habt Ihr gewettet?", fragte ich Andrea. „Ich wollte auch von Euch beiden geleckt werden, aber jetzt kommt Lena erneut in den Genuss." „Keine Sorge, Süße", flötete Lena, „danach kommst Du auch auf Deine Kosten, dann verwöhnen wir Dich, versprochen." Andrea küsste Lena zum Dank die Lippen wund. Lena bekam ihre Belohnung. Während Andrea ihre Brüste saugte, kümmerte ich mich versiert um Lenas Muschi. Meine Zunge arbeitete saftig, meine Hände rubbelten ihre Clit heißer als heiß.

Andrea leistete mir Gesellschaft und beschäftigte sich ebenfalls mit Lenas Öffnungen, der vaginalen und der analen. Krass. Das hätte ich nie von ihr gedacht. Ganz schön versaut, meine Frau. Lena kreischte ins Kissen, als sie kam. Sie kam zweimal hintereinander, so heftig waren die Liebkosungen, die Andrea und ich ihr schenkten. Glücklich umarmte sie uns und sackte aufs Bett zurück. „Jetzt ich!", flehte Andrea und schob Lena beiseite. Wir erfüllten ihr den Wunsch. Während ich mit ihr knutschte, küsste Lena zärtlich Andreas Körper von oben bis unten. Als sie ihre Pussy berührte, biss diese mir vor Aufregung fast die Lippe ab.

3 Minuten später: Andrea stöhnte mir ihre Lustgefühle in den Rachen hinein. Doch zufrieden war ich noch nicht: Auch sie sollte multipel kommen! Ich kroch zu Lena und gab ihr das Zeichen, dass A noch nicht fertig sei. Doppellecken war angesagt. Dabei berührten sich unsere Zungen spielerisch, wobei ich mir ein bisschen Knutschen mit Lena nicht verkneifen konnte. Andrea bekam davon nichts mit, sie hatte die Augen geschlossen und fuhr Achterbahn. Sie kam, zum zweiten Mal.

Ihre Muschi zuckte wie ein unter Strom gesetzter Hase und pulsierte im Heavy Metal-Rhythmus. „Mein Gott", stöhnte sie und brauchte 2 Minuten, ehe sie ansprechbar war. „Das war der Hammer! Geil! Danke!", jubelte sie und drückte uns an ihre Brüste. Dieses sündige Spiel trieben wir noch 2 Abende und 2 Nächte, bis Lena wieder nach Hause fahren musste. Höhepunkt war der letzte Abend, an dem ich das Spektakel filmte. Die Ladies zu fragen, traute ich mich nicht, ich benutzte eine knopfkleine Linse, so wie Privatdetektive. Diese platzierte ich unauffällig im Raum, wo sie von keiner Teilnehmerin erkannt werden konnte.

Meine Andrea wusste nichts von dieser Spy-Knopfkamera, die ich mir fürs Business zugelegt hatte, auch privat kann man die gut einsetzen. Die Aufnahme dauert 78 Minuten und zählt zu den meist gehüteten Geheimnissen meines Lebens. Zuerst bliesen mir beide Damen einen. Lena und Andrea saugten und wichsten so lange an meinem Schwanz, bis ich explodierte. Es war ein Hammerorgasmus! Danach leckte ich beide Mädels zu ebenso geilen Orgasmen. Sie lagen nebeneinander und ich kümmerte mich abwechselnd um sie. Das war geil!

57

Nun war Ficken angesagt. Zuerst mit Lena, dann mit Andrea, in der ich kam. Während ich pausierte, leckte Andrea ihre Freundin über den Rand des Wahnsinns. Zu guter Letzt gab es einen Double Blowjob für den Womanizer. Ich kam in Lenas Mund, und die schluckte meinen Samen, als wäre es Cola. Als beide Mädels im Bad waren, beendete ich die Aufnahme und ließ das Medium verschwinden. Lena fuhr am nächsten Morgen in ihre Schweiz zurück. 3 Jahre später dann das: Meine Gattin Andrea schien erneutes Interesse an Mösensex zu haben. Clara Louisemarie schien es ihr mächtig angetan zu haben.

Für Außenstehende ein lustiges Spiel, für mich als Experten klar erkennbar. Andrea wollte sie. Halbnackt tunkten sich beide und suchten Körperkontakt. Am Abend, als alle weg, John Paul im Bett war und wir bei einem Glas Wein diesen Tag Revue passieren ließen, konfrontierte ich Andrea mit dem Gesehenen. Andrea konnte nicht ausweichen, denn es gab nichts auszuweichen. „Ertappt", strahlte sie mich verlegen, aber gierig an. „Clara fesselt mich." „Was willst Du?", fragte ich meine Frau. „Sex mit ihr wäre sehr reizvoll. Wärst Du dabei, so wie damals bei Lena?" „Wenn Du willst, dass ich Dich dabei unterstütze, Du weißt, ich lasse Dich nie hängen, Schatz." „Danke", küsste sie mich. Ich wurde geil. Andrea entdeckte das sofort und blies mich in 5 Minuten zum Orgasmus. Wir beschlossen, Clara zu ködern. Wir luden sie am Samstagabend zum Essen ein. John Paul gaben wir in oma- und opaliche Obhut, somit waren wir 3 allein. Clara erschien im zauberhaften Abendkleid.

Ihr schlanker Körper passte so perfekt hinein. Ihre hübschen Beine zeigte sie bis zu den Oberschenkeln. Ihr Ausschnitt präsentierte stehende Brüste. Gut. Ihre braunen, langen, welligen Haare hatte sie zum Rosszopf gebunden. In intimer Runde servierte Andrea das Essen, ich den Wein. Wir unterhielten uns köstlich. Nachdem der Nachtisch verschwunden und die 4. edle Weinflasche geleert war, schlug ich eine nasse Poolparty vor. Das kühle Nass am warmen Sommerabend tat uns gut. Schnell passierten die ersten Körperkontakte. Die Damen tunkten sich wieder. Dann tunkte ich beide Damen. Dann wollten beide Damen mich tunken, aber ich tunkte beide Damen. Clara hatte keinerlei Berührungsängste und schmiss sich mächtig ran.

Als uns kühl wurde, schlug ich unsere hausinterne Sauna vor. Die wärmte uns schnell auf. Als beide Damen mir nackt gegenübersaßen, bekam ich einen Steifen. Ich ließ es bewusst zu. Ich kämpfte sogar darum. Das war Teil unseres Plans. Clara lachte und stieß Andrea an: „Schau, jetzt ist Dein Mann geil. Ich glaube, ich lasse Euch allein." Doch sie stand nicht auf. Ja, es war nur ein rhetorischer Aufsatz. „Das liegt an Euch beiden Schönheiten", flirtete ich in die Runde. „Ihr sitzt mir pudelnackt gegenüber, mit perfekten Brüsten und halbgeöffneten Beinen, was bleibt mir anderes übrig, als geil zu werden?" In diesem Moment ergriff Andrea die Initiative.

Sie stand auf und kniete sich vor mich. Dann griff sie nach meiner Latte und bewegte meine Vorhaut rauf und runter. Clara beobachtete das Treiben sehr interessiert. „Willst Du auch mal?", fragte Andrea schließlich ihre Busenfreundin. 2 Sekunden später kniete die Frauenwelt vor mir. Louisemaries Hand um meinen Penis fühlte sich göttlich an. Ihre Hand war ein wenig kleiner als Andreas, die Finger dafür länger. Mit Rechts begann sie, mich und meinen Helden im Faustgriff zu streicheln.

Ihre Ringe an Daumen und Ringfinger spürte ich sowas von. Dann wieder Andrea. Ich saß da und genoss es. Langsam wurde mir heiß. Die Sauna wärmte auf 80 Grad. Ich schlug vor, draußen weiterzumachen, doch es war bereits zu heiß. Die Damen wollten mich hier drin erlösen. Andrea wurde nun schneller, dann wurde auch Clara schneller. Meine 15 cm sind lang genug, um 2 Hände abzubekommen. So griffen sie zu zweit zu. Andrea am Schaft, Clara drüber um die Eichel.

Dann starteten sie den Weg zum Ende. Schneller und schneller wichsten sie mich ab, bis ich kam. Mein Sperma war viel, sehr viel. Die Handjob-Bräute grinsten diabolisch, geil und stolz. Um sich rein zu waschen, sprangen beide in den Pool. Ich hinterher. Im Wasser ging das spannende Gesprächsthema weiter. Andrea wollte alles über Claras sexuellen Vorlieben wissen. Als diese erwähnte, dass sie nicht lesbisch oder bi sei, aber bestimmte Frauen interessant fände, bohrte Andrea weiter. Sie erzählte Clara Louisemarie von Lena und ihrem einmaligen lesbischen Abenteuer. „Seitdem habe ich nie wieder was mit einer Frau gehabt.

Ich bin weder lesbisch noch bi, ich liebe meinen Mann und stehe absolut auf Männer, aber bei Dir könnte ich ..." Bevor Andrea diesen Satz zu Ende satzen konnte, küsste sie CL auf den Mund. Andrea küsste mit, während sich mir erneut ein Steifer entwickelte. Aus dem ersten Kuss wurden mehrere Küsse. Leidenschaftlich lagen sich beide Schönheiten in den Armen und umschlangen sich. Ich habe jetzt Lust auf Dich", flüsterte Andrea ihrem Gast zu. „Ich auch auf Dich", flüsterte Clara zurück. Hand in Hand stiegen sie nackt aus dem Pool und marschierten ab. Ohne mich. Ich beobachtete ihre Pobacken und staunte.

Dann lief ich hinterher: „Und was ist mit mir?!" Beide drehten sich um, schauten mich an, dann gingen sie weiter. „Ich lauter: „Was ist mit mir?!" Schließlich gaben sie nach: „Okay, komm mit." Sie hätten sich lieber zu zweit, allein und diskret, inkognito und privat miteinander vergnügt. „Das könnt Ihr machen, wenn ich nicht da bin. Jetzt will ich mitmachen." Verstanden sie. Im Bett ging es erstmal darum, sich gegenseitig zu erforschen. Meine Andrea streichelte jeden Zentimeter von Claras wunderschönem Körper. Ich wiederum streichelte jeden Zentimeter von Andreas wunderschönem Körper. Clara genoss es.

Andrea wurde wilder und spielte muff diving. Ich sah zu, wie meine Frau eine andere oral befriedigte. Elegant züngelte sie an Clara Louisemaries Klitoris herum und spielte mit ihren 4 Schamlippen. Andrea konnte gut lecken, denn Clara kam nach nur 5 Minuten zu ihrem Höhepunkt. Dem folgte ein zweiter oral verabreichter. Dann durfte ich ran. Auch ich spielte Lecker und leckte sie lecker. Clara erlebte ihren heftigsten Orgasmus, bei mir schrie sie definitiv lauter als bei Andrea.

Nun wurde gewechselt. Andrea wurde zur Beschenkten. Ich leckte sie zu Orgasmus 1, Clara Louisemarie zu den Orgasmen 2 und 3. CL hatte ein Zungen-Piercing und wusste damit sehr gut umzugehen. Andrea ließ sich fallen und bäumte ihr Becken mit ihrem Irokesen immer wieder angespannt auf. Last but not least war ich im Bett dran. Beide wollten mir einen Double Blowjob geben. Und beide gaben mir einen Double Blowjob. Zuerst blies Andrea, während Clara mir die Eier leckte, dann blies Andrea, während Andrea meine Eier leckte. Ich lag da und genoss wie Gott in Frankreich.

Aber auch Gott wird irgendwann unruhig und zappelig. Spätestens, als Andrea der Nachbarin die blasende Wiese überließ und mit mir knutschen wollte. Während Andreas Zunge meine verknotete, machte Claras Zunge ernst an meinem Schwanz. Ihre geniale Wichs-Blas-Technik wurde zu viel für mich. Ich konnte sie nicht warnen, denn als Küsser geht das nicht. So schoss ich ab. Ich überraschte sie, denn sie zuckte und schluckte ungewollt die erste Ladung. Dann kapierte sie den Zahn der Zeit und blies, lutschte, wichste und streichelte mich bis zum Ende.

Viel Sperma hatte sie abbekommen. So süß sah sie aus. Nach ein wenig Kuscheln ging Clara. Ich wusste, Andrea stand am Anfang einer lesbischen Phase, die sie nur mit Clara austesten und genießen wollte. Doch schlau wie ich bin verkabelte ich unser Schlafzimmer. So tricky, dass nicht mal unsere Putze dies merkte. Und die hat Argusaugen. Andrea muss immer ihre Sex Toys vor ihr verstecken. Leider hatte ich kein Glück, da beide Damen ihre Lust in Clara Louisemaries Bude auslebten.

Andrea erzählte mir manchmal davon, aber sicher vieles nicht. Dafür durfte ich immer mal wieder dabei sein, in unserem Schlafzimmer. Hier wurde gefilmt. Die Dreier mit Andrea und der Kellnerin waren so geil. Die Schönheiten gingen intimst und vertraut miteinander vor, ebenso intimst und vertraut bedienten sie mich. Ich durfte beide ficken, auch in Louisemaries süßer, stets frisch rasierter Pussy kommen.

Wir machten 69 in einer Dreierversion und ich durfte beide Prinzessinnen besamen: Auf die Brüste, ins Gesicht, auf den Arsch. Zweimal trieben es beide in unserem Schlafzimmer. Was ich heimlich beobachtete und sah, raubte mir den Atem: Andrea hätte eine Lesbe sein können. So zärtlich liebte sie Marie. Sie spielten auch zusammen Dildosex mit Penismanschetten, die Clara organisiert hatte. Sogar Andreas Womanizer kam zum Einsatz, ebenso Louisemaries. So surrten sich beide gegenseitig zu quiekenden Orgasmen. Leider fand CL schon bald einen Zahnarzt und Moneymaker, den sie heiratete. Als ihr Sohn Hunter zur Welt kam, zogen sie in eine Villa am anderen Ende Münchens. Das war das Ende mit dem Kapitel Louisemarie. Bis heute sind wir mit ihr befreundet, jedoch kam es nie wieder zu sexuellen Momenten zwischen uns. Echt schade.

Trick 17

Diese Kapitel ist meiner lang vergangenen Traumfrau Courtney gewidmet. Ich war Anfang 20, sie auch. Ich Playboy, sie Playgirl. Ich nahm sie alle, doch sie spielte nur. Courtney war eine Göttin, doch streng katholisch erzogen. Sex ohne Liebe existierte für sie nicht. Wahre Liebe hatte sie erst einmal erlebt bis dahin, mit Jacob, einem Jungdoktor-Schnösel aus reichem Haus, mit dem sie 3 Jahre zusammen war. Als ebendieser sie sexuell betrog, waren das Ende der Beziehung und zugleich der Start ihrer Enthaltsamkeit eingeläutet.

Weil Courtney so sexy war, drehten sich viele Männer nach ihr um. Das beflügelte sie, noch lasziver aufzutreten, wenn sie ausging. Courtney ging oft aus. Sie liebte es, Männer baggern und sich einladen zu lassen, aber knallte im entscheidenden Moment die Schranke zu. Ich lernte sie im „Joy", einem coolen Club, kennen, in dem ich abhing, Mädels ansprach und schließlich abschleppte. Schnell stellte ich fest, dass ich mir bei Courtney meine Zähne ausbiss.

Genauso wie Hunderte andere Kerle, die es bei ihr versuchten. In tiefsinnigeren Gesprächen bat ich sie um Erklärung, wo ihr Problem sei. Sie outete sich wie beschrieben und gab mir zu verstehen, dass sämtliche Baggerversuche meinerseits sowie anderer Kerle ohne ehrliche Liebesabsicht bei ihr ins Leere führen. Ich nahm's sportlich und schleppte vor ihren Augen wöchentlich andere hübsche, willige Damen ab. Sie wollte von mir wissen, warum ich so geworden bin, und ich erklärte ihr meine liebesgetränkte und sexualgesteuerte Philosophie.

Courtney konnte damit nichts anfangen. Ich sah ihr gerne bei Tanz zu. In ihren kurzen Röcken war sie jede Sünde wert. Doch sie verließ immer allein oder in Begleitung einiger Freundinnen den Club, nie sah ich einen Mann, der es geschafft hatte, sie zu erobern. Ich nahm mir vor, die Unknackbare zu knacken. Aber wie? Ihr Liebe vorzuspielen, das war nicht mein Ding. Ich musste es tricky erledigen. Des Nachts suchte ich das Gespräch mit ihr: „Courtney, so kann das nicht weitergehen." „Was weitergehen?" „Meine Unglückseligkeit." „Warum das?"

„Ich habe Albträume, die mich als Versager zeigen." „Versager? Warum das?" „Weil Du mich immer ablehnst." „Ich lehne Dich doch nicht ab", schüttelte sie den Kopf. „Du nimmst mich aber nicht", konterte ich. „Du weißt, dass ich meine Gründe habe", belehrte sie mich sweet-streng, „das war geklärt zwischen uns." „War es, ja, aber meine Albträume bringen mich um. Ich habe eine Depression und war beim Psychologen." „Nun übertreibst Du aber", lächelte sie mächtig. „Nein, es ist die Wahrheit. Ich komme nicht damit klar, dass ich alle Mädels bekomme, aber bei Dir auf Granit beiße. Das habe ich nicht verdient."

Courtney schaute mich an und ließ mich reden. „Ich hab mich an unsere Absprache gehalten, aber ertrage es nicht länger, Dich hier so sexy tanzen und flirten zu sehen." „Dann gehe in einen anderen Club." „Wieso? Ich war vor Dir hier. Aber darum geht es nicht. Du kannst mich nicht so gnadenlos ablehnen. Ich habe eine Chance verdient." „Liebst Du mich? Kannst Du Dir eine Beziehung mit mir vorstellen?" „Du weißt, dass ich aktuell keine feste Beziehung suche, da bin ich ehrlich."

„Und Du weißt, dass ich kein Interesse an einer Affäre oder einem One Night Stand habe. Das hab ich Dir gesagt." „Es kann doch ein Dazwischen geben. Ein Weg, der uns beiden ermöglicht …" „Nein!", unterbrach sie laut. „Finde Dich einfach damit ab." Sie ließ mich stehen. Aus Frust verzichtete ich diese Nacht auf einen Fick und ging. Die nächsten Clubabende ließ ich sausen. Stattdessen vergnügte ich mich die 3 Folgewochen mit Cindy, einer Studentin meiner Uni.

Irgendwann klingelte mein Handy. Court: „Sorry, wenn ich etwas forsch war. Ich musste Dir klar sagen, was geht und was nicht. Geht´s Dir gut? Ich habe Dich 3 Wochen nicht mehr im Club gesehen." „Lass mich zufrieden, ich habe die Lust auf Party und Sex verloren", log ich. „Ich verbringe meine Abende lieber allein daheim." Sie kreischte auf: „Du und allein daheim? Dass ich nicht lache!" „Doch, so ist es. Ich lerne eine neue Seite an mir kennen. Höre Musik, entspanne, habe begonnen zu malen, bringe mir Gitarrespielen und Spanisch bei. Habe null Bock auf Club." „Das ist schade", murmelte sie nachdenklich. „Vielleicht sieht man sich bald wieder. Würde mich sehr freuen." Ich sagte „Tschüss" und legte auf.

Cindy fing an mich zu langweilen, so stieg ich auf Tina um, die etwas älter, aber williger war, alles im Bett zu praktizieren. Geilo! Ich erlebte Neues und entwickelte meine Sexualität weiter. Immer wieder erhielt ich Textnachrichten von Court, die wohl oft an mich dachte. Ich antwortete kurz oder nicht. Das Clubleben fehlte mir, aber ich musste es noch ein wenig aushalten. Denn der Womanizer verfolgte einen Plan. Tatsächlich: Eines Abends, ich kam vom Fick mit, bei und in Tina zurück, traf ich Court vor meiner Wohnungstür. Sie war dabei, mir einen Zettel unter der Tür durchzustecken. Courtney erschrak:

„Ach, Du bist es." „Ja, ich. Was hast Du hier zu suchen? Woher weißt Du, dass ich hier wohne?" „Ich habe mir Sorgen um Dich gemacht. Außerdem hab ich Dich vermisst. Wollte sehen, was Du so treibst." Ich ließ sie als Gast eintreten und spendierte ihr Bier. Sie sah sich interessiert um und entdeckte meine Gitarre. „Cooles Teil. Kannst Du was spielen?" Ich spielte auf peinlich, da ich ja gerade „erst angefangen hatte" zu spielen. In Wirklichkeit hätte ich Enter Sandman oder Whatever You Want losrocken können, schließlich spielte ich bereits seit Jahren Gitarre. Aber meine Schüchternheit zeigte Wirkung.

Sie interessierte sich weiter und sah eine Wandmalerei. „Hast Du das gemacht?" „Ja", log ich. Hatte in Wirklichkeit eine meiner Ex gemalt und mir geschenkt. „Wow, gefällt mir. Du hast Talent." Schluck Bier. „Erstaunlich, wie aus so einem extrovertierten Draufgänger ein introvertierter Künstler wird. Fehlt Dir nicht Dein echtes Leben?" „Manchmal", erklärte ich, „doch ich habe alles gehabt, was man haben kann. Habe mich ausgetobt und ausgelebt. Diese Pause und Wandlung kam genau richtig. Es gibt mehr als Frauen, Sex, Alkohol und Party. Ich fühle mich rundum zufrieden, wie es jetzt ist. Mir fehlt nichts."

„Beneidenswert", staunte sie. „Und wie hältst Du es mit Sex? Du hast doch früher jede Woche 2 Mädels abgeschleppt." „Tote Hose seit meinem Ausstieg", trickste ich. „Aber eine bewusste Entscheidung. Die Girls stehen nach wie vor Schlange, aber das interessiert mich gerade nicht. Ich kann ohne den Sex und die Bettabenteuer auch gut leben." „Aber wie lange?" „Das wird sich zeigen. Momentan geht es mir gut." Courtney fühlte sich wohl in meiner Anwesenheit. Sie wollte bleiben.

Ich hatte gar nichts dagegen. Wir unterhielten uns über die Welt. Dass sie im sexy Minirock mir gegenüber saß, ließ mich nicht kalt, aber ich blieb souverän. Als es 1 Uhr morgens war, bat ich sie um Schlaf: „Du, ich muss morgen zur Uni, muss mich hinlegen." So beförderte ich sie sanft zur Tür hinaus. Ihr Angebot „Ich könnte bei Dir pennen, wenn ich darf" lehnte ich ab: „Das würde mich nur auf reizvolle Gedanken bringen, Courtney. Ich habe so lange um Dich gekämpft, bis ich eingesehen habe, dass es keinen Sinn macht. Und dann schläfst Du bei mir, das würde meine Gedanken durcheinanderbringen. Daher lieber nicht. Gute Nacht."

2 Tage später suchte sie mich erneut auf … und fand mich. Ich ließ sie rein, wir plauderten. Court war interessiert an mir und meinem neuen Leben. Als ich ihr meine Staffelei zeigte, die ich mir mitsamt Farben zugelegt hatte, wollte sie, dass wir gemeinsam ein Wandbild für ihr WG-Zimmer malen. Damit war ich einverstanden. In Jogginghose und Shirt startete ich, sie in Hot Pants und Top. Sie sah so sexy aus! Ihr langes, blondes Haar war frisch gewaschen, ihre roten Fingernägel so dunkelrot wie die Farbe, mit der sie begann.

Courtney sah aus wie ein luderhafter Engel. Ihre 1,70 m waren perfekt gebaut, schlank und kurvig an den richtigen Stellen. Ich wurde geil. Ich ließ es zu. So kam es, dass Courtney mir immer öfter in den Schoß blickte, bis sie meinte: „Du hast einen Steifen stehen." „Oh", bemerkte ich spielend, „in der Tat." Malte aber seelenruhig weiter. Immer wieder beobachtete sie mich. Er war längst knüppeldick und presste meine Jogginghose weit nach vorn. „Stört er Dich nicht beim Malen?", fragte sie.

„Ein wenig schon, aber ich kann's nicht ändern. Ich lebe schon seit 6 Wochen ohne Sex, das hinterlässt halt Spuren." „Schüttelst Du Dir nicht mal die Palme?" „Nein, habe ich nicht nötig. Normalerweise lasse ich mir die Palme schütteln, die Mädels stehen dafür Schlange. Ich nutze meine angestaute sexuelle Energie für kreative Zwecke. Musik, Malen und so. Wie lange das gutgeht, weiß ich nicht, ich freue mich schon auf den ersten Orgasmus nach der Enthaltungsphase, wird Hammer", grinste ich. Ich denke, spätestens hier lief ihr Gedankenkino. Ich konzentrierte mich, ihr meinen Ständer lange zu präsentieren.

Ihr Blick weilte mehr auf meiner Hose als auf dem zu malenden Gemälde. Die Zeit verging. Um 1 Uhr meinte ich: „Ich muss jetzt schlafen, muss morgen früh ja raus zur Uni. Du musst jetzt gehen." „Lass mich noch weitermalen, bitte, ich bin so inbrünstig dabei." „Gut, Du kannst weitermalen. Wenn Du fertig bist, kannst Du gehen oder auf dem Sofa schlafen." „Was ist mit dem Bett?", fragte sie und machte mir schöne Augen. „Von mir aus kannst Du auch ins Bett kommen und neben mir schlafen, das Bett ist ja breit genug für 2 Leute. Gute Nacht." Ich putzte die Zähne, zog mich um und ging schlafen.

Irgendwann wurde ich wach. Mein Penis war vollsteif. Und er bewegte sich. Wichste ich mir im Schlaf einen? Was war los? Sofort bemerkte ich, dass ich nicht alleine war. Unter der Bettdecke herrschte Leben. Mein Atem stockte, als ich meinen Penis in einen Mund gleiten spürte. Mir wurde klar: Courtney befriedigte mich im Schlaf. In meinem Bett. Außer ihr konnte es keiner sein. Ich schielte auf den Wecker, es war 3 Uhr. Courtney befand sich seitlich liegend unter der Decke und überschritt so mehrere Grenzen.

Zum einen brach sie ihre Regel „Sex ohne Liebe geht nicht". Zum anderen brach sie ihre Regel, keinen Sex mit mir zu haben. Außerdem brach sie meine Regel, dass ich bestimme, wann, wo und wie ich mit wem Sex habe. Diese Regelbrüche waren mir in diesem Moment scheißegal. Ich genoss im Dunkeln, wie die Künstlerin meine Keule streichelte, wichste, leckte und blies. Ich spielte weiter den Schlafenden. Doch irgendwann kommt der point of no return.

Der Punkt, an dem eine Grenze überschritten wird und es kein Zurück mehr gibt. Der Moment war jetzt. Ich kam. Ich musste mich massiv zurückhalten, nicht zu stöhnen oder zu zucken, sondern kam im Schlaf. In ihren lutschenden, saugenden Mund spritzte ich all meinen Samen hinein. Es war so geil, den Moment zu erleben. Einer meiner intensivsten Höhepunkte! Als Courtney fertig war, bewegte sich die Decke und sie kam hervor. Ich schloss die Augen und schlief. Sie küsste mich auf den Mund und ging in das Badezimmer. Dann legte sie sich neben mich und schlief auf meiner Brust ein. Glücklich schlief auch ich ein.

Am Abend trafen wir uns wieder, um das Bild weiter zu malen. Sie fragte mich, wie meine Nacht war. „Gut", lächelte ich, „ich habe geträumt, mit einer Unbekannten Sex zu haben. Das war geil." Sie kicherte. Ich innerlich auch. Wir aßen Pizza und malten bis Mitternacht. „Ich muss schlafen." „Darf ich weitermalen, ich bin gerade so inbrünstig dabei." „Gut. Wenn Du fertig bist, kannst Du gehen, auf dem Sofa oder bei mir im Bett schlafen." Ich ging schlafen. Irgendwann wurde ich wach. Mein Penis war vollsteif. Und bewegte sich.

Unter der Bettdecke herrschte Leben. Courtney befriedigte mich erneut im Schlaf. Sie befand sich seitlich unter der Decke und brach erneut alle Regeln. Ich genoss im Dunkeln, wie die Künstlerin meine Keule streichelte, wichste, leckte und blies. Irgendwann kam der point of no return. Ich musste mich massiv zurückhalten, nicht zu stöhnen oder zu zucken, sondern kam im Schlaf. In ihren lutschenden, saugenden Mund spritzte ich all meinen Samen hinein. Als sie fertig war, bewegte sich die Decke und sie kam hervor.

Ich schloss die Augen und schlief weiter. Court küsste mich auf den Mund und ging ins Badezimmer. Dann legte sie sich neben mich und schlief auf meiner Brust ein. Dieses Spiel trieb Court weitere 4 Mal mit mir, ehe es eines Abends zum Gespräch kam. Courtney: „Ich möchte mit Dir schlafen." Ich spielte den Ahnungslosen, da gestand sie ihre nächtlichen Missbräuche. Ich vergab ihr alles von Herzen und willigte ein. So hatten wir wunderschönen Sex. Ihre Muschi war jedes Mal nagelneu rasiert und blitzeblank. Courtney roch so gut und konnte kräftige und multiple Orgasmen erleben. Meiner Zunge sei Dank.

Doch irgendwann fing sie an zu klammern und faselte was von Zusammenzug, Beziehung, Heirat, Hochzeit, Kindern und Familie. Hilfe! Noch nicht jetzt! Ich war viel zu jung für so einen Scheiß und wollte weiter Spaß haben. Einstellungs- und Sichtweisenkonflikte sorgten dafür, dass ich Court klar machte, dass ich ein freier Vogel und kein eingesperrter Maulwurf bin. Als mir ihre Eifersucht reichte, beendete ich es klipp und klar und stürzte mich in neue Abenteuer. Ein halbes Jahr später lernte ich meine Ex-Frau Andrea kennen, der Rest ist Geschichte.

Happy Ends

So gern gehe ich zu professionellen Erotikmassagen, die mit einem glücklichen, handgemachten Happy End enden. Die kürzesten dauern 15-20 Minuten. Ist völlig okay, wenn man lediglich abspritzen möchte. Die Masseuse massiert ein paar Minuten die Rückseite, dann heißt es: „Möchtest Du Dich umdrehen?" „Ja!" Dann wird mit Öl gewichst. Viel schöner sind 45-, 60-, 90-minütige oder noch längere Sessions, in denen richtig genossen werden kann und wobei mehr als nur 1 Orgasmus möglich ist. Am liebsten lasse ich mich von Frischfleisch verwöhnen.

Immer neue Hände, die mich beglücken, sind das Beste. Immer andere nackte Körper, die ich dabei beobachten und anfassen darf, machen mich geil. Romina ist eine Massageclub-Leiterin. Sie führt ein Studio in München, das es so eigentlich nicht geben darf. Sperrbezirk und so. Trotzdem bin ich oft dort. Ich kenne die Braunhaarige schon seit 10 Jahren und freue mich jedes Mal, wenn sie mir schreibt (auf Geheimhandy), dass neue Damen da sind. Ich teste sie alle.

Am Schönsten sind die Duomassagen. Die werden dem Gast immer am ersten Arbeitstag einer Neuen (2 zum Preis von 1) geschenkt. Die Neue wird von einer Erfahrenen am Gast eingelernt. Die Unsicherheit oder auch die zielstrebige Geilheit der Neuen, die es zum allerersten Mal macht, reizt mich. Romina ist als Chefin immer dabei, sie schult die jungen Mädels ein. Schon oft war ich vor und von ihr gekommen, was uns aber nicht daran hindert, sehr freundschaftlich und vertraut miteinander umzugehen im geschützten Rahmen der Anonymität.

Dort nenne ich mich „Peter" und arbeite in der Computer-Branche. Massiert wurde früher oft auf einer Massageliege, mittlerweile fast nur noch auf einer Bodenmatte, da „Body to Body" eingesetzt wird. Unzählige Male habe ich mich bis heute in solchen Etablissements zum Happy End massieren lassen, all diese Erlebnisse würden den Rahmen einer 10-teiligen Buchserie sprengen. Aber die besten Highlights an Vierhändigkeit und Newbies seien hier erwähnt. Lilly war krass. Sie war frische 21 und kam aus Rumänien. Ein junger Engel.

Hilflos schaute sie zu, wie Romina mich bearbeitete. Ich war ihr erster Kunde. Sie sprach kein Deutsch und kein Englisch. Kniete einfach nackig daneben und zeigte mir ihren wunderschönen, jungen Körper. Solche Einarbeitungs-Sessions sind ja Learning-by-doing-Sessions. Irgendwann musste Lilly ran. So vorsichtig und verschämt berührte sie mich, in Angst, etwas falsch zu machen. Genau diese Unsicherheit aber war es, die mich viel zu schnell abschießen ließ. Kaum hatte Lilly meinen Penis berührt, zuckte ich schon. Bauchliegend spritzte ich das weiße Handtuch unter meinem Adoniskörper voll. Lilly erschrak und entschuldigte sich – aber wofür?

Schließlich war noch genug Zeit, mir ein zweites Mal Vergnügen zu bereiten. Romina blieb professionell und machte gekonnt weiter. Lillys Body to Body war unglaublich. Ich wurde von einem Engel gesalbt. Ihr jugendliches Gesicht und ihre schlanke Figur von gerade mal 46 kg bei 1,60 m machten mich wahnsinnig. Als ich mich endlich umdrehen durfte, spritzte ich kurz darauf zwischen ihren kleinen Titten ab. Die Kleine konnte echt was. Leider war dieser Probetag auch ihr einziger.

Romina erzählte mir, dass ihr diese Arbeit doch zu viel war. Schade. Ein anderes Highlight war Glades. Sie war dunkler als dunkel. Im Zimmer brannte helles Licht, und doch sah ich sie kaum. Schwärzer wie die Nacht turnte sie auf mir herum und body-to-bodyte mich. Normal habe ich es lieber hell, aber dieses Dunkel war ein gutes Dunkel. Wie eine leckere Schweizer Vollmilch-Schoko. Glades machte Rominas Show noch besser nach und hatte etwas sehr Verschlüsseltes in ihrem Blick.

Die Sonne Afrikas erstrahlte, als ich kam. Als ich kam, blies sie mich aus. Romina wollte eingreifen, da Blowjobs in Erotikmassagestudios nichts zu suchen haben, doch ich gab ihr das Zeichen, es doch bitte geschehen zu lassen. So schluckte die lange Glades mein Sperma. Leider gewöhnte ihr Romina das ab. Glades blieb 2 Monate, ich ließ mich von ihr 5 Mal solo massieren, dabei machte sie immer eine Ausnahme und blowjobte mich zu Ende. Das wird unser Geheimnis bleiben. Interessant war Cecilia, die sich überhaupt nicht mit Romina verstand. Sie war bildhübsch und wusste schon viel über Sex dieser Art, doch Romina musste ihr ja alles erklären, als sei sie ein Depp.

Oberlehrerinnenhaft. Das ließ Cecilia nicht auf sich sitzen und es entwickelte sich eine fast handfeste Diskussion beider, wie die Erotikmassage zu verlaufen habe und was Männer wirklich wollen. Bevor es eskalierte, eskalierte ich und wurde ungemütlich. Ich signalisierte beiden meine Unzufriedenheit für das teure Geld und entschied mich spontan, den Rest selbst zu machen. Ich bat Romina, mir ihren Po hinzuhalten, und Cecilia, mir ihre großen Brüste entgegenzustrecken. Ich erhob mich und wichste genüsslich auf Arsch und Titten. Ja, da staunten beide.

Syndey kam nicht aus Sydney, hieß sicher auch nicht so, nannte sich aber so. Sie war mittelgroß und schlank. Sie kam aus dem Puff und wollte etwas Anständigeres machen. Ihr Body-to-Body war sehr intensiv. Während Rominachen meine Füße massierte, lochte Sydney tatsächlich kurz ein. Ich ließ es geschehen, doch Romina bemerkte es natürlich und schimpfte sie. Sydney aber gefiel mein Schwanz so gut, dass sie den Worten ihrer nackten Chefin keine Folge leistete.

Die wurde zornig und befahl der Fickerin, abzusteigen. Just in dem Moment, als sie das tat, spritzte ich los. Verdammt viel Samen war es. Am Schluss waren dann doch alle zufrieden. Jovana war gewillt, eine gute Schülerin zu sein. Die 22-Jährige mit roten Haaren und zahlreichen Tattoos schaute zu, wie mich Romina in 10 Minuten zum Orgasmus brachte. Dann durfte sie dasselbe machen. Sie tat es so gut, dass ich nach 20 Minuten bereits zweimal gekommen war.

Mir war klar: Das wird heute ein Dreier. 3 Highlights in 1 Stunde ist schon heftig. Genauso gut machte es Jovana mir. Diesmal hockte sie sich rücklings rittlings auf meine Brust und masturbierte mich ohne Sicht zum cremigen Abschluss. Romina streichelte dabei meine fast schon wunden Eier. Diese und viele weitere Highlights habe ich bisher erlebt und werde sie weiterhin erleben, da professionelle Erotikmassagen einfach mit das Beste sind.

Ein Deal der besonderen Art

Uli rief mich an, ein ehemaliger Robinson-Kollege. Damals waren wir jung und hatten es krachen gelassen. Wir trafen uns zum Wiedersehens-Essen nach vielen Jahren und ließen Erinnerungen Revue passieren. Da unsere Frauen dabei waren, verheimlichten wir ihnen die Details. Ich war damals der Obermacker. Bin ich heute noch. Uli war zu Beginn seiner Robinsonzeit ein unbeflecktes Blatt: Schüchtern und harmlos, geprägt von einer schlimmen Kinderzeit. Er suchte das Heil weit weg von seiner Familie, wusste nicht, was aus ihm werden sollte.

Er fand sich bei Robinson. Wurde irgendwann Chef DJ und eröffnete dann einen Musikclub. Ich half ihm, Kontakt zum weiblichen Geschlecht zu bekommen. Unglücklich war Uli damals, als er vom wilden Treiben um ihn herum mitbekam. Doch irgendwie traute er sich nicht, Mädels anzusprechen. Uli war 1,68 m kurz, sportlich schlank. Seine roten, langen Boris-Haare wehten im Wind. Er blühte nach und nach auf, wir mochten ihn.

Mit 21 war er noch Jungfrau. Arme Sau. Als ich dies erfuhr, entschloss ich mich, ihm zu helfen. Er sah nicht schlecht aus, aber die vielen Gast-Frauen sowie Kolleginnen, die an Sex interessiert waren, entschieden sich für mich und andere Jungs. Ich schnappte mir eines Tages Kollegin Jane, sie war 24 und ein schräger Vogel. Nicht mein Typ, sonst hätte ich sie gehabt. Dafür nahm sie sich ein paar schräge Vögel. Eines Abends meinte ich: „Kannst Du Dich mal um Uli kümmern?" „Unseren Uli?", schaute sie mich durch ihre schicke Rundbrille an.

„Ja, der Arme sieht sich leid, dass er leer ausgeht. Der braucht ein Erfolgserlebnis." „Und das soll ich ihm bescheren?" „Ja, warum nicht." Jane lachte laut auf. „Bist Du der Vermittler? Was springt für Dich dabei raus?" „Nichts", entgegnete ich, „ich tue es für Uli. Ich mag ihn und möchte ihn nicht leiden sehen. Er ist schon 2 Monate hier und hat immer noch nicht. Er hat noch nie." „Was? Willst Du mir sagen, dass Uli noch Jungfrau ist?" „Ja, es bleibt aber unter uns. Wenn nicht hier, wann dann!" „Verstehe", dachte Jane laut. „Naja, Uli ist ein netter Kerl, aber sexuell erregt er mich jetzt nicht so."

„Mich auch nicht, aber kannst Du ihm nicht 1 Nacht schenken? Er würde sich riesig freuen." Jane dachte nach. „Okay, aber nur, wenn ich etwas dafür bekomme." „Was stellst Du Dir vor?" „1 Nacht mit Dir." Ich war baff wie Kloßbrühe. „Nicht Dein Ernst, oder?" „Schon", kicherte die Schwarzkurzhaarige. „Stehst Du auf mich?" „Schon." „Warum hast Du nie etwas gesagt?" „Ich denke, ich bin nicht Dein Typ. Ich sehe, wen Du hier alles abschleppst: Bildhübsche Model-Mädels. Ich bin anders. Solche wie mich schleppst Du nicht ab."

Zum ersten Mal in 10 Wochen studierte ich Jane genau. Hey, sie hatte etwas! Ihre Figur war sexy geschlungen, sie hatte reizende Beine, einen saftigen Po. Ihre Augen verhießen Spannendes. Ihre Frise gefiel mir nicht, auch ihr Kleidungsstil am Schachbrett war mir so anders. Aber sie hatte niedliche Hände und gute Wichsfinger. „Soso, Du möchtest 1 Nacht mit mir. Dafür schenkst Du Uli 1 Nacht mit Dir." „Ja." „Deal." Jane war so geil auf mich, dass sie den Deal in der Nacht einlösen wollte.

Da ich gerade einmal frei war, mein letztes Betthäschen Ricarda (28, hübsch) war am Morgen mit ihrer Begleiterin, einer dicken Blonden, abgereist, erteilte ich Jane meinen Segen. In ihrem Zimmer bat ich sie um eine Dusche, ich hatte eine wilde Tanzshow in den Knochen. Jane begleitete mich, auch sie hatte gezappelt. Unter der Brause wurde der Zombie zum Freak. Sie machte sich über mich her. Der Duschstrahl oben, sie unten. Kniend lutschte Jane meinen Ständer. Ich ließ den Regen über meinen Körper laufen und sah zu, wie sie unter wässerlichem Beschuss ihrer Arbeit nachkam.

Sie hatte echt schöne Brüste. Ihre Hände und ihr Mund wussten, was sie taten. Doch meinen Orgasmus wollte ich gemütlicher erleben. Ich beendete die Brauseaktion und machte es mir mit ihr auf dem Bett bequem. Ich cremte mich schnell ein, dann langsam sie. Bevor ich Jane fickte, wollte ich ihren Körper kennenlernen. So kam es, dass ich ihn 60 Minuten streichelte, küsste und verwöhnte, was ihr 3 Orgasmen einbrachte. Sie kam leise, aber heftig. Ihre Pussy schmeckte leider nicht gut, daher war es nur 1 Cunnilingus-Highlight. Schön war sie ja schon, ihre Mumu, jung und reizvoll, mit freigelegtem Kitzler, aber sie hatte etwas Salz-Fischiges an sich.

Dann verwöhnte sie mich, indem sie ihren Blowjob fortsetzte. Jane wollte ficken, ich aber in ihren Mund kommen. „Blas weiter, danach ficken wir. Ich kann mehrmals", nahm ich ihr ihre Angst. So erlöste sie mich göttlich mit und in ihren Mund. Mein Dickster zuckte ab, während Jane mich schmecken durfte. Sie war glücklich, dass ich mich mit ihr abgab. Noch glücklicher machte ich Jane mit dem Fick. Sie durfte rittlings starten, dann nagelte ich sie von oben, hinten und seitlich. Sie steckte mich gut weg, ihre Pussy saugte meinen Schwanz gut ein. Ich schoss als Missionar-Spencer ab und füllte das Noppenkondom so voll, dass es fast platzte.

Ein drittes Mal war nicht mehr drin, zu müde waren wir. Dieses dritte Mal holten wir am nächsten Morgen nach. Ficken! Ein langer Abschiedskuss besiegelte das Ende unseres Deals. Nun musste Jane ihren Schwur ableisten. 2 Tage später offenbarte sich Uli mir. Er erzählte mir von seinem ersten Mal. Es sei so schön gewesen und er so dankbar, endlich ein Mann zu sein. Ich freute mich. Er ging in Details. Berichtete, wie sie die Führung übernahm und ihn zweimal glücklich machte. Zuerst mit Hand und Mund, später auf ihm im Ritt.

Als er von Paulinchen sprach, wurde ich stutzig. Hatte sich Jane einen zweiten Vornamen zugelegt, war sie inkognito unterwegs? Ich erfuhr, dass Paulinchen eine Gäste-Braut war. Verdammt! Hatte mich Jane gefoppt oder betrogen? Ich stellte sie zur Rede, doch bekam zurück: „Greif mich nicht so an! Ich plane es für Donnerstag, Uli hat doch freitags frei, dann mache ich´s die Nacht auf seinen freien Tag." Okay, fair. Tatsächlich:

Am Samstag suchte mich Uli auf und berichtete mir mit rotem Kopf von einer unvergesslichen Nacht mit Jane. Er konnte sein Glück kaum fassen: „Da war ich 21 Jahre Jungfrau, und auf einmal reißen sich die Mädels um mich. Wahnsinn!" Na, jetzt nicht übertreiben, Kleiner. Seine Erfolgswelle ebbte nach diesen 2 Highlights ab, doch er hatte einen Weg gefunden. Nach weiteren Abenteuern (die ich ihm vermittelte, was er bis heute nicht weiß), verliebte er sich in Gast Asuka, eine Japanerin, die er 2 Jahre später heiratete und mit der er 2 gesunde, aber schlitzige Kinder produzierte. Er hatte nicht viele Frauen gebraucht, um sein Glück zu finden, uns Uli.

Status quo

Wie mag es nun weitergehen? Ich bin glücklich geschieden und lebe ein neues Leben mit Anja. Meine Kinder sehe ich regelmäßig, ich liebe sie. Sie verstehen, dass nichts mehr so sein wird wie früher, aber alles trotzdem gut ist. Ob Andrea neue Stecher und potenzielle Familienväter trifft, ist mir recht egal. Ich genieße meine Zweisamkeit mit Anja. Neugierig, wie ich bin, stöberte ich letztens in Anjas Kisten auf dem Dachboden. Ich entdeckte ein Fotoalbum mit sämtlichen Typen, mit denen sie Sex hatte. Neben ihren beiden Beziehungen waren 9 andere Männer zu sehen. Also hatte sie vor mir Sex mit 11 Kerlen.

Gut sahen einige aus, andere weniger. Jeder war auf einer Doppelseite mit mehreren Bildern. Nichts Ordinäres. Auch Paarbilder waren dabei. Wie hübsch meine Maus damals schon war! Ganz unten in der Kiste entdeckte ich einen roten Ordner. Als ich ihn öffnete, plumpsten mir doch tatsächlich Penisse entgegen. Steife Schwänze! 11 an der Zahl. Das waren die Keulen ihrer Typen. Sie hatte von jedem Steifen ein Foto gemacht und eingeklebt, beschriftet mit Name, Länge und Umfang.

Einige machtvolle Teile bedrohten mich. Am längsten war Eric mit 22,4 cm. Am kürzesten Johann mit 12,1 cm. Anja war nicht so ohne, wie sie tat! Vielleicht will sie auch ein Foto meiner Lanzarote machen, um mich hier zu verewigen. Weiter durchsuchte ich ihr Hab und Gut, doch fand nichts Anstößiges. Zu gerne hätte ich Sexstreifen von ihr mit ihren Kerlen gesehen. Vielleicht werde ich ja noch fündig.

Apropos selbstgedrehte Sexvideos: Ich hatte früher einen Trick. Ich besaß eine Videokamera, die aufnahm, ohne die Lampe leuchten zu lassen. Ich platzierte sie oft in die Nähe des Bettes und hatte Sex. Viele Mädels wollten das nicht, doch ich antwortete: „Die ist aus. Wenn sie an wäre, würde sie leuchten oder blinken. Keine Sorge, die steht immer hier" Die meisten Frauen fielen darauf rein, andere bestanden darauf, dass ich das Gerät entfernte. Von den meisten habe ich tolle Videos, die mich an sie erinnern. Geiler Sex ist zu sehen. Manche Girls schauten währenddessen immer wieder in die Cam.

Ich bin mir sicher, sie wussten, dass sie aufnahm, und wollten es genauso. Andere waren verunsichert und trauten sich nicht, nachzufragen. Einige hatten einen Kick, nicht zu wissen, ob das Spektakel mit ihnen recorded wird oder nicht. Einmal ging das Ganze böse in die Hose. Eine merkte es, kam mir auf die Schliche und hetzte mir einen Rechtsanwalt auf den Hals. Ich musste ihr Material löschen und etwas unterschreiben. Einmal bin ich im Puff von einer Nutte erwischt worden. Ich hatte eine Mini Cam dabei am Schlüsselanhänger. Was 100 Mal gut ging, ging das 101. Mal schief. Nach meinem Cum verlangte sie das Teil.

Ich musste es rausrücken. Sie hielt mir einen aggressiven Vortrag und drohte, die Bullen zu rufen. Ich flehte sie an. Sie schmiss mich raus und behielt die Kamera. Ich hatte Angst vor Konsequenzen, sah überall die Bullen und mein Leben ruiniert. Glücklicherweise passierte nichts. Aktuell habe ich neben Anja etwas am Laufen mit Ramona, einer Grafikerin, die ich bei einem Auftrag kennengelernt habe. Ramona ist nicht mein Typ Frau, aber geil wie Bolle.

Sie fesselte mich mit ihrer anzüglichen Art. Wir haben einen lustigen Humor zusammen und erzählen uns die schmutzigsten Witze. Sie war mal verheiratet, 1 Kind (Junge), das bei Daddy aufwächst, ist geschieden, da „Monogamie nur etwas für Dummköpfe ist". Schnell verfiel ich ihr und ließ mich von ihr reiten. Ihr Körper ist nicht so gut trainiert, aber ansehnlich. Die eine Brust deutlich größer als die andere, daher nennt sie jene große „Big Motherfucker".

Ramona kann weder außergewöhnlich gut blasen noch wichsen noch ficken, aber das ganze Programm mit ihr ist unterhaltsam. Ich hab Spaß mit ihr. Als sie mich letztens auswichste und ich verrückt abspritzte, meinte sie: „Wen willst Du damit erschießen?" Das ist Ramona. Ihre Lache sorgt für lustige Orgasmen. Und doch frage ich mich: Wie geht es weiter? Werde ich mit Anja zusammen bleiben? Sie heiraten, eine Familie mit ihr gründen? Kann ich monogam werden und nur ihr treu sein? Oder mache ich weiter als Womanizer, der nicht genug bekommen kann von den vielen wunderschönen Frauen, die es noch zu erobern und zu ficken gibt. Ich denke, Du kannst Dir denken, wie ich denke. Jawohl – auf geht´s in ein neues Abenteuer!

Breaking News

Breaking News! Ich habe mich verliebt. Anja hat damit nichts zu tun, sie liebe ich ja. Gemeint ist Cornelia, die Conny. Diese Traumfrau lernte ich gerade in der Eifel kennen. Dort besuchte ich meinen Bruder. Er ist Heilpraktiker und führt eine Praxis. Anja konnte den Wochenendtrip nicht mit. Ich nutzte den Donnerstags-Feiertag und flog um 6:45 Uhr von München zum Airport Köln/Bonn. Wir begrüßten uns innig, als mich mein Bruder abholte. Er ist ein Sunnyboy wie ich, aber treu. Hat eine liebe Frau, Mia, 2 süße Kids.

Es war schon schwierig, ihm meine Trennung von Andrea beizubringen. Er hat es irgendwie verkraftet. Mein Bruder weiß zwar von meinem Playboy-Dasein, aber viele Details sind ihm unbekannt. Unser Dad, der hat es uns ja vorgemacht. Vögelte wöchentlich mit anderen Ladies. Mein Bro fand das sehr abschreckend und entschied sich für Monogamie. Donnerstag skydivten wir wie Vögel. Freitag half ich ihm mit seiner Website. Meine Haare waren lang und lockig geworden.

„In Gemünd ist ein guter", meinte Brother, „ich organisiere Dir einen Termin." 3 Stunden später bekam ich einen modernen Schnitt. Dann passierte es: Eine junge Frau betrag den Salon. Sie war bildhübsch und traf mich in meinem Herzen. Die Langhaarige hatte braune Haare. Zauberhaften Schrittes checkte sie ein. Ich folgte ihr mit jedem Schritt. Ich schätzte sie auf 23. Sie hatte eine sexy Figur, trug figurbetonte Jeans und ein enges T-Shirt. Diese Frau war eine natürliche Schönheit!

Erst recht, als sie sich setzte und ich sie mustern konnte. Dann traf sich unser Blick. Ich hatte einen psychischen Orgasmus. Sie lächelte mich freundlich an. Ich lächelte freundlich zurück. Wir hatten 10 Minuten, uns visuell zu beschnuppern. Ich stand auf sie. Sie hatte ihr Handy in der Hand, aber schaute immer wieder im Raum umher, um bei mir hängen zu bleiben. Als mein Schnitt fertig war, lobte ich meine Friseuse für den guten Neustart. Die Unbekannte strahlte mich an und hielt ihren rechten Daumen hoch. Thumbs up! Ich zog mein Sakko an und holte meine Geldbörse hervor. Zahlte 28 Euro, gab 30.

Längst hatte ich mir den Einstieg ins Gespräch mit ihr überlegt, doch durchkreuzte mein Bruder diesen Plan. Er stand vor der Scheibe und winkte. Mist! Nachdem Bro mir Handsignale gab, ich solle rasch kommen, verabschiedete ich mich und verließ das Geschäft. Conny schaute mir tief in die Augen, voller Hoffnung und Glück, dann, je weiter ich vorbeiging, enttäuscht und traurig. Mein Blick war genau derselbe. Ich stieg ins Auto meines Bruders. Verpasst war diese Chance! Wir entfernten uns von der Zauberprinzessin. Doch ich vergaß sie nicht.

Am Abend holte ich mir mit Conny im Kopf einen runter. Samstag schrieb ich das Friseurteam an. Erklärte mich und bat sie, der Hübschen meine Kontaktdaten zukommen zu lassen. Sonntagabend der Rückflug nach München. Einige Tage später klingelte mein Phone. „Unbekannt" erschien im Display. Als ich abhob, hörte ich eine magische Stimme: „Hey, ich bin Conny, die aus dem Friseurladen in Gemünd." Sie war es! Das Friseurteam hatte meine Bitte tatsächlich weitergeleitet. Und Conny die Eier, mich anzurufen. Wie geil! Ich freute mich wie Samson.

Ich war im Office, konnte frei sprechen. „Warum bist Du so einfach mir nichts Dir nichts gegangen?", wollte sie wissen. „Ich hatte den Gesprächseinstieg längst geplant, da bist Du einfach an mir vorbei. Ich war sehr traurig." „Ich auch", rechtfertigte ich mich und erzählte ihr von meinem drängenden Bruder outside. Sie verstand. „Trotzdem hättest Du mir Deine Karte zustecken können." „Hätte ich gerne, aber es ging so schnell. Ich konnte Dich nicht aus meinem Kopf bekommen, daher diese Aktion übers Team."

Wir verstanden uns gut und lachten viel am Hörer. „Du lebst auch in der Eifel?" „Nein, ich lebe bei München." „Das ist weit weg." „Ja." „500 Kilometer?" „650. Aber per Flug bin ich in nur 1 Stunde in Köln/Bonn." „Bist Du Single?" „Nein, in einer Beziehung. Nichts Langes, nichts Festes, etwas ganz Frisches erst." „Aha", nickte Conny. „Und Du?" „Frisch getrennt vom Ex." „Warum?" „Hat nicht gepasst. Wir waren 3 Jahre zusammen, 2 zusammen gewohnt. Ich bin ausgezogen und habe mir eine Bude in Kall gesucht. 3 Zimmer." „Pass auf", machte ich Nägel mit Köpfen, „ich möchte Dich unbedingt wiedersehen. Ich möchte Dich näher kennenlernen.

77

Du übst eine unglaubliche Anziehungskraft auf mich aus. Ich schlage vor: Wir bleiben per Telefon, Zoom, WhatsApp in Kontakt. Ich plane meinen nächsten Eifel-Besuch, dann sehen wir uns. Dann gehen wir essen, ich lade Dich ein, und schauen, was passiert." „Einverstanden", flötete sie. „Bussi." Minuten später schrieben wir WhatsApp. Ihr Profilfoto speicherte ich mir ab, so süß! Meine Anja durfte von Conny nichts erfahren. Ich telefonierte täglich mit der 22-jährigen Kallerin, die Psychologie studierte. Unsere Chats wurden vertrauter.

Ich suchte fieberhaft nach der nächsten Reisemöglichkeit und buchte. „Ich besuche meinen Bruder, der braucht marketing-strategische Hilfe", wimmelte ich Anja davon ab, mitzukommen. Ein paar Tage vor der Eifel schickte mir Cornelia ein erotisches Bild von sich unter der Dusche. Man sah ihr nasses Gesicht und ihre nippelharten Brüste. Wunderschön! Mein Geschmack. Weitere so sexy Bilder folgten: Ihre Lippen, ihr Oberschenkel, ihre Rückseite. Tattoo-frei war sie, die Traumfrau. Ihr Po war knackig und reizvoll. Im Gegenzug dazu schickte ich ihr ein Bild meiner gespannten Unterhose.

Sie antwortete mit Herz und Smiley. Ich fickte die Anja Goodbye und wurde herzlichst von meinem Bruder empfangen. Mein Date am Abend verkaufte ich ihm als ein Wiedersehen mit alten Freunden aus der Eifel. So fesch, wie es ging, machte ich mich auf ins Ristorante, das Conny ausgesucht hatte. Ich war 20 Minuten zu früh, sie auch. Glücklich rannte sie mir entgegen und besprang mich. Ich quetschte sie an mich, sodass wir beide kaum Luft bekamen. Dann führte Conny mich an unseren Tisch. Wir bestellten Wein und Pizza. Conny sah umwerfend aus: Ihre 1,70 m hatte sie in ein zauberhaftes Kleid gepackt, das an den richtigen Stellen freie Haut zeigte.

Wir verstanden uns prima, sodass schnell klar war: Wir würden im Bett enden. Das machte Conny deutlich: „Mein großer Wunsch ist, dass Du heute Nacht mit mir verbringst." Als Kind habe ich gelernt, einer Dame niemals einen Wunsch abzuschlagen. Ich freute mich wie ein Astronaut, nicht das Weltall, sondern Cornelia erkunden zu dürfen. Ich zahlte. Ab zu ihr. Wir landeten auf der riesigen Couch und lagen engumschlungen da. Hier wurde aus 2 Menschen einer.

Meine Hand wanderte unter ihren Stoff, ihre war an meiner Hose. 15 Minuten später penetrierte ich sie. Cornelias Körper war wunderschön, jung und edel. Ihr Busen ein Traum, ihre Pussy ein doppelter Traum. Blanko wie die Blankenese. Ich als Missionar, dann sie als Reiterin. Mein Schwanz fühlte sich in ihrer Muschi so angekommen wie noch nie an. Dort wollte er kommen. Mein Orgasmus kam kurz nach ihrem, der laut und intensiv ausfiel. Genauso meiner. Ich schoss 20 Raketen ins Universum. Endlos glücklich darüber, dass wir uns gefunden hatten, lagen wir nackt aufeinander, nebeneinander, aneinander, streichelten uns von oben bis unten und von unten bis oben.

Was folgte, war ein geiler Blowjob. Auf meiner ewigen Bestenliste war das die Nummer 1. Sensationell gut konnte sie Fellatio und blies mich glücklich, bis ich in ihren Mund und um ihre kreisende Zunge ejakulierte. Erlösung pur! Als Belohnung schenkte ich ihr mit Katjas Zungenkunst 3 Höhepunkte, die sie schwindelig machten. „Brutal", lächelte sie mich mit hochrotem Kopf an. Meinem Bro schrieb ich, ich würde morgen wiederkommen. Anja schieb ich „I love you, gute Nacht".

Dann schlief ich glücklich mit Conny im Arm ein. Am nächsten Morgen Sex. Sex, nochmal Sex. Mittag zu meinem Bruder. Der verlangte eine Erklärung. Bekam er. Die Wahrheit. Er fand meine Aktion „Scheiße" und beschimpfte mich laut. Ich nahm meinen Koffer und ging zu Cornelia. Die freute sich so, dass sie mir gleich einen blies. Nach dem Wochenende war klar: Conny würde bleiben.

Nun mein Dilemma: Welche Frau soll es nun sein? Anja oder Conny? Mit Anja bin ich nun 2 glückliche Jahre zusammen, sie hat mir gestern erst erzählt, dass sie schwanger sei. Wir erwarten unser 1. gemeinsames Kind. Sie möchte von mir geheiratet werden. Auf der anderen Seite Conny, die mir alles bedeutet und mit der ich mir ebenso Partnerschaft, Hochzeit und eine eigene Familie vorstellen kann. Ich muss mich bald entscheiden. Conny weiß von Anja, Anja nichts von Conny. Conny kämpft um mich. Sie will mich. Anja hat mich. Ich will beide Frauen, es geht aber nur eine. Was soll ich tun??!!

79

Buch-Tipps vom *Womanizer*

The Womanizer
Ich, der Fremdgeher 1
Die Abenteuer des Womanizers

Sex, Erotik, Liebe, Lust und geile Leidenschaft – dies ist die spannende Geschichte, die Autobiografie des Womanizers, eines Mannes, der seinem Leben keine Grenzen setzt und sich alle sexuellen Wünsche und Träume erfüllt. Obwohl er glücklich in einer Beziehung mit seiner Freundin Andrea ist, die er auch wirklich liebt, gönnt er sich alle Freiheiten, um das zu genießen, wovon andere Männer nur träumen. Er erlebt fantastische Abenteuer ebenso wie böse Reinfälle, heiße Affären, Sex mit 3 Frauen gleichzeitig, Erpressung, Glück und Leid in Beziehung und One Night Stands.

Erfahren Sie mehr über den Mann hinter der Womanizer-Maske und sein Leben. Fantasien werden Wirklichkeit, Wünsche wahr. „Ich, der Fremdgeher 1" ist ein hochexplosives und spannendes Werk, das den Leser fesselt, anregt und erregt. 63 Kapitel voller Sex, Lust und Leidenschaft. 200 Seiten pure Erotik. Doch auch Schuld und Moral spielen eine Rolle. Immer wieder hinterfragt der Womanizer sein schändliches Treiben und will seiner Freundin treu bleiben, doch die Lust ist zu groß und die weiblichen Reize sind zu stark ... und so stürzt er sich ins nächste Abenteuer. Ein Buch, über das Sie noch lange sprechen werden!

ISBN 978-3-8423-2186-1
Books on Demand

Buch-Tipps vom Womanizer

The Womanizer
Ich, der Fremdgeher 2
Neue Abenteuer des Womanizers

Dies ist Teil 2, die Fortsetzung der spannenden Lebensgeschichte des Womanizers, eines Mannes, der seinem Dasein keinerlei Grenzen setzt und sich all seine sexuellen Wünsche und Träume erfüllt. Obwohl er mittlerweile glücklich verheiratet und stolzer Vater eines Sohnes ist, gönnt er sich die Freiheiten, um das zu genießen, wovon andere Männer träumen. Er erlebt fantastische Abenteuer ebenso wie böse Reinfälle, heiße Affären, Glück und Leid in Beziehung und One Night Stands. Erfahren Sie alles über den Mann hinter der Maske und sein geniales Leben. Fantasien werden Wirklichkeit, Wünsche wahr.

„Ich, der Fremdgeher 2" ist ein explosives Werk, das den Leser fesselt, anregt und erregt. 35 Kapitel voller Sex, Liebe und Leidenschaft, 200 Seiten pure Erotik, das ist die fantastische Welt des Womanizers. Doch auch Schuld und Moral spielen eine Rolle. Immer wieder hinterfragt er sein Treiben und will seiner Ehefrau Andrea treu bleiben, doch die Lust ist zu groß und die weiblichen Reize sind zu stark ... und so stürzt er sich ins nächste Abenteuer. Die fantastische Fortsetzung von „Ich, der Fremdgeher 1". Ein Buch, das Sie nicht mehr loslassen wird, denn tief in Ihnen stecken auch der Trieb, die Lust und die Gier auf die Erfüllung all Ihrer sexuellen Wünsche und Fantasien.

ISBN 978-3-8448-7446-4
Books on Demand

Buch-Tipps vom Womanizer

The Womanizer
Ich, der Fremdgeher 3
Die letzten Geheimnisse des Womanizers

Dies ist Teil 3 der legendären Biografie über das Leben und das Wirken des Womanizers, eines Mannes, der sich trotz hübscher Ehefrau und zweier wundervoller Kinder außertourlich all seine sexuellen Wünsche und Träume erfüllt. Dabei erlebt er das, wovon andere Männer nur träumen. Diesmal: Sex mit den blutjungen Animateurinnen Grit und Hanna, krasse Abenteuer in der Glory Hole Bar, eine heiße Romanze mit PR-Lady Ella, der fantastische Vierer mit den US-Girls Chloe, Madison und Stella, Kindermädchen Magdalena auf Extratour, Erotikmassagen der göttlichen Luisa, Jugenderinnerungen an Raliza, Techtelmechtel mit Praktikantin Aiko, Reinfall mit Frauke, Oh Julia, Andreas geheime Kiste, Ü-50erin Sabrina, Playboy-Lifestyle mit Hostessen Torrie und Whitney, die scharfe Kerstin, und vieles mehr.

„Ich, der Fremdgeher 3" ist ein explosives und reizvolles Werk, das den Leser fesselt, anregt und erregt. 34 Kapitel voller Sex, Liebe und Leidenschaft, 200 Seiten pure Erotik, das ist die extravagante Welt des Womanizers. Die geile Fortsetzung von „Ich, der Fremdgeher 1 & 2". Ein Buch, das Sie nicht mehr loslassen wird, denn tief in Ihnen stecken auch der Trieb, die Lust und die Gier auf Erfüllung all Ihrer sexuellen Fantasien.

ISBN 978-3-7460-1524-8
Books on Demand

Buch-Tipps vom Womanizer

The Womanizer
Ich, der Fremdgeher 4
Kostbare Perlen des Womanizers

Mein Leben ist ein Traum! Attraktiv, gesund, glücklich verheiratet, Vater zweier wundervoller Kids, erfolgreicher Business-
mann, Top-Verdiener, dazu Dauergast in den Betten hübschester
Ladies. Das bin ich, der Womanizer! In meiner Biografie „Ich,
der Fremdgeher" haben Sie in den Teilen 1-3 alles über mich,
mein Leben, meine Fantasien und meine Taten erfahren. Mein
Wirken auf der Überholspur ist grandios. Alle Männer wären
gerne wie ich. Über 1.500 Frauen habe ich im Bett gehabt, und
es werden immer mehr. Ich weiß, mit welchen Tricks ich geile
Frauen um den Finger wickeln muss, um von ihnen das zu bekommen, was ich möchte: Sex! Und genauso weiß ich, mit welchen Schlichen ich das alles meiner Gattin Andrea verheimli-
chen kann.

Für Band 4 habe ich in meiner Schatzkiste gegraben und präsentiere kostbare Perlen des Womanizers: Bezaubernde Damen,
mit denen ich heiße Stunden, Tage oder mehr erlebt habe. Von
meinen wilden 20ern bis jetzt Anfang 40 habe ich eine knistern-
de Auswahl zusammengestellt, die Lust auf mehr macht. Möge
mein Lebensstil Sie beflügeln, Ihnen Mut schenken und Sie an-
spornen, es mir gleich zu tun. Denn Frauen sind dazu da, gevögelt zu werden und den Mann sexuell glücklich zu machen.
Nutzen Sie Ihren Schwanz und geben Sie ihm, was er braucht:
Eine hübsche Lady nach der anderen! Ich wünsche Ihnen viel
Spaß mit meinen kostbarsten Perlen, von geilen ONS bis hin zu
Sex mit 3 girls on fire. Und vieles, vieles mehr!

ISBN 978-3-7481-4685-8
Books on Demand

Buch-Tipps vom *Womanizer*

The Womanizer
Ich, der Fremdgeher 5
Heroische Erlebnisse des Womanizers

Heroische Erlebnisse sind es, die ich Ihnen diesmal präsentiere. Dies ist der 5. Band meiner Reihe „Ich, der Fremdgeher". Und immer noch gibt es spannendes Neues zu berichten, der Stoff geht mir nie aus. Wetten sind etwas Geiles, denn mit ihnen kann man Frauen gewinnen und gefügig machen. Auch MILF (Mothers I´d like to fuck) sind etwas Besonderes, da sie meist doppelt hot sind auf ein sündhaftes Abenteuer. Diese beiden Themen bilden den Schwerpunkt des Werkes. Ich bin der legendäre Womanizer. Ach, was habe ich schon gevögelt in meinem Leben! Über 1.500 Ladies sind es bisher, und es werden weiter mehr. Die 2.000 sind knackbar! Und auf welche schönen Momente ich zurückblicken kann: Viele Highlights davon haben Sie bereits gelesen, andere erfahren Sie nun.

Trotz hübscher Gattin und glücklichem Vatersein ist Leben für mich mehr als Familie: Leben ist für mich SEX! Abenteuer! Lust! Trieb! Leidenschaft und Liebe! One Night Stands! Spaß haben und alles mitnehmen, was geht. Bereut habe ich bisher nichts. Ich lebe das Leben, das ich liebe. Auf der Überholspur, in den Betten hübscher Frauen. In diesem 200-Seiter machen wir eine Zeitreise vom jungen Womanizer bis hin zum heutigen Womanizer. Ich schenke Ihnen heißeste Sex-Abenteuer und heroische Erlebnisse meiner Person, die Sie noch nicht kennen, aber nach dem Lesen nicht mehr missen wollen. Tanken Sie Mut und versuchen Sie mir nachzueifern, denn das Leben kann so verdammt geil sein!

ISBN 978-3-7494-1985-2
Books on Demand

Buch-Tipps vom Womanizer

The Womanizer
Ich, der Fremdgeher 6
Das Ende des Womanizers?

Ist dies das Ende des Womanizers? Tja, meine lieben Freunde der Sonne, vielleicht ist das wirklich der letzte Vorhang, der für mich fällt. Meine Frau Andrea hat ein Ehe-Break gefordert. Sie braucht eine Auszeit, sagt sie, von mir. Aber nicht vom schönen Haus, das ich gekauft habe. Auch nicht vom guten Geld, das ich ihr jeden Monat überweise. Hat sie mich beim Fremdficken erwischt? Nein. Warum dann dieser krasse Schritt von ihr? Keine Ahnung. Frauen sind einfach unberechenbar! Ich muss ausziehen und schwebe in der beschissenen Ungewissheit, ob und wie es mit uns weitergeht. Die armen Kinder! Hat Andrea einen neuen Stecher oder Geldgeber? Geht sie mir fremd? Ich werde es herausfinden.

Gleichzeitig aber lebe ich mein Womanizer-Leben weiter. Jetzt erst recht! Ich poppe Immobilienmaklerin Heidi, gewinne die sexy Fitness-Polizistin Cornelia, verliebe mich in Nutte Agnes, erlebe geniale Erotikmassagen, treffe meine Jugendliebe Yasmin nach 20 Jahren wieder, habe geilen Gruppensex mit der 18-jährigen Daphne und ihren Busenfreundinnen, kämpfe mit der skrupellosen Laetitia um meine Firma, finde in meiner Angestellten Susanna eine heiße Bettgespielin, führe die sexuell blockierte Maren in meine hohe Kunst ein und genieße eine heiße Affäre mit der geheimnisvollen Tattoo-Frau Jacqueline. Aber: Kann ich meine Ehe retten? Wird Andrea ihren Irrsinn beenden? Ich werde alles dafür tun!

ISBN 978-3-7494-3590-6
Books on Demand

Buch-Tipps vom Womanizer

The Womanizer
Ich, der Fremdgeher 7
Comeback des Womanizers

Ich bin zum dritten Mal Vater geworden … doch diesmal nicht mit meiner Gattin Andrea. Trotzdem: Welcome, Niklas! Bei der Fußball-Europameisterschaft lernte ich die Glatzenfrau Marlene kennen und feierte mit ihr den Sieg Deutschlands im Bett. In Amerika stieß ich auf die Geschäftsfrau Harper, die mich zuerst hasste, dann aber liebte. Kein Wunder, ich hatte sie dermaßen eifersüchtig gemacht mit den Diven Grace & Eleanor. Schließlich verfiel sie mir mit Haut und Haaren. Meine Grafikerin Antonia erlebte eine Ehehölle, ich half ihr raus. Als Dank bekam ich sie, doch leider war sie mir nicht gut genug im Bett. Die junge, bildhübsche Nele war unerreichbar für mich, da musste ich sie mir kaufen. 3.000 Euro war sie mir wert. Was ich dafür bekam? So einiges!

In Glasgow trieb ich es mit 9 Frauen gleichzeitig, ich war der Hahn im Kopf. Sexualtherapeutin Juna wollte meine Frage, ob ich sexsüchtig sei, ganz genau beantworten. Dazu musste ich einige Praxistests absolvieren. Rockige Jugenderinnerungen teile ich genauso mit Ihnen wie meine peinlichsten Sex-Momente, z.B. als ich bei der mysteriösen Alexis einfach nicht kommen konnte. Tja, Nobody´s perfect. Ein Highlight der letzten Zeit war die blutjunge Xandra, ein teures, aber geiles Geschenk des Himmels. Zu guter Letzt verliebte ich mich in Susi. Ich kannte sie seit vielen Jahren als Helferin in der Hautarztpraxis, doch erst Sansibar brachte uns zusammen. Ich liebe sie und führe aktuell 2 Beziehungen. Aber ich muss mich bald entscheiden: Andrea und meine beiden Kinder … oder Susi.

ISBN 978-3-7543-5134-5
Books on Demand

Buch-Tipps vom Womanizer

The Womanizer
Ich, der Fremdgeher 8
Champagner für den Womanizer

Mit Mitte 40 immer noch auf der absoluten Überholspur unterwegs – das ist schon eine Leistung. Trotz zauberhafter Ehefrau und 2 Kindern tobe ich mich weiterhin in den Betten hübscher, williger Damen aus. Diesmal erzähle ich Ihnen von Johanna, einer jungen, aufstrebenden Friseurin, die ich zum Star machte. Dafür war sie mir etwas schuldig. Die 25-jährige Joyce war ein Luder der Klasse 1A. Ich lernte sie bei Magical.TV kennen. Sie führte mich in eine brutale Welt von Lust, Macht, Sex und Dominanz ein, in der auch Biggi auf mich wartete. Dr. Nora wurde nicht nur meine Zahnärztin, sondern auch meine heiße Affäre. Wir trieben es sogar auf dem Behandlungsstuhl.

Merle, die Perle: Eine der heißesten Erlebnisse, die ich je hatte. Ich war Anfang 20 und im Auslandssemester in Frankreich, sie die Tochter des Hauses. Sie hatte einen Freund, doch stand auch auf mich. Es war ein langer Weg zum Glück, schließlich verfiel Merle mir mit Haut und Haaren. JJ, AJ und MJ waren Schwestern, die ich nacheinander bei Robinson abgriff. Frau Luckera ist die Sportlehrerin meines Sohnes, doch im Bett gehorcht sie Daddy. Mein Junior sammelte erste sexuelle Erfahrung mit Isla – ihre Mum Felicity gehörte mir. Lotti ist meine beste Freundin. Aber auch beste Freundinnen können verdammt guten Sex. Bei meinem Robinson-Comeback schnappte ich mir 7 Schönheiten. In der S-Bahn verliebte ich mich in Mariella. Sie war optisch eine Traumfrau, im Bett mir allerdings zu krass. Und Valentina ein 24-jähriger One Night Stand.

ISBN 978-3-7543-2112-6
Books on Demand

Buch-Tipps vom *Womanizer*

The Womanizer
Ich, der Fremdgeher 9
Das neue Leben des Womanizers

Der legendäre Womanizer startet neu durch! Der Grund dafür heißt Anja. Diese Maus ist meine neue Liebe. Mit meiner Gattin Andrea ist Schluss. 20 gemeinsame Jahre fanden ein Ende. Sie hatte mich betrogen, das war zu viel. Anja ist mein Hier, mein Jetzt. Ich liebe sie über alles. Doch treu kann ich auch ihr nicht sein. Ich erlebe heiße Abenteuer mit Schwimmerin Kim in der Umkleide. In Bad Füssing genoss ich ein Wellnesswochenende. Adele wurde zur sexy Bettgespielin, Saunameisterin Joy ging nicht nur mit mir aus, das Zimmermädchen leistete gute, flinke Handarbeit. In einem Robinson-Rückblick denke ich an Kollegin Ena, die 8 Jungs inkl. meiner Wenigkeit fertigmachte. Wir durften um sie kämpfen, der Sieger bekam sie.

Einfacher war es mit Clubchefin Lucinda, die mich um Hilfe bat. Die bekam sie sowas von. Luxus-Lisl war eine Geschäftspartnerin, die mich wollte. Ich willigte sofort ein. Außerdem verrate ich Ihnen mein neues Melktisch-Business. Es gibt nichts Geileres, als auf dem Bauch liegend gemelkt zu werden. Aber auch auf dem Rücken liegend bei Erotikmassagen ist super. Nachbarin Clara Louisemarie war meiner Ex-Frau Andrea eine lesbische Sünde wert, auch ich kam auf meine Kosten. Mein Freund Richard heiratete die Amira. Ich nahm mir Amira in der Hochzeitsnacht vor. Bei meinem aktuellen Robinson-Abenteuer angelte ich mir 6 Frauen in 14 Tagen. Im „Wanderer" verfielen mir die sexy Bedienerinnen Carla und Susan. Ganz aktuell habe ich mich in Conny verliebt und schwanke zwischen ihr und Anja. Mal sehen, welche Braut es final wird.

ISBN 978-3-7578-2365-8
Books on Demand

Buch-Tipps vom Womanizer

The Womanizer
Sex Bomb
100 Tricks, Frauen ins Bett zu bekommen

DER PLAYBOY TRICK * DER PIANIST TRICK * DER FEUERWEHRMANN
TRICK * DER BABYSITTER TRICK * DER 6 RICHTIGE IM LOTTO TRICK *
DER BILLARD TRICK * DER MAGISCHE ZETTEL TRICK * DER KINO TRICK *
DER HUNDEHALTER TRICK * DER ROTE ROSEN TRICK * DER BARMANN
TRICK * DER ZAUBER TRICK * DER CHEFREDAKTEUR TRICK * DER JUNG-
FRAU TRICK * DER SPIONAGE TRICK * DER SCHLITTSCHUHLÄUFER TRICK
* DER PORNODARSTELLER TRICK * DER MASSEUR TRICK * DER VERFLOS-
SENEN TRICK * DER SCARY MOVIE TRICK * DER BUCHAUTOR TRICK *
DER FUSSBALLSPIELER TRICK * DER BLIND DATE TRICK * DER KOLLEGIN
TRICK * DER FOTOGRAF TRICK * DER GIPS TRICK * DER KONZERT TRICK *
DER WETTE TRICK * DER REPORTER TRICK * DER SAUNA TRICK * DER
KAMASUTRA TRICK * DER CHARLIE SHEEN TRICK * DER SCHLANGEN
TRICK * DER WETTBEWERB TRICK * DER AMATEURPORNO TRICK * DER
RESTAURANT CHEF TRICK * DER GEBURTSTAGSPARTY TRICK * DER UM-
ZIEH TRICK * DER SCHÖNE FRAU TRICK * DER SHOPPING TRICK * DER
CALLBOY TRICK * DER XXL-KONDOM TRICK * DER EBAY TRICK * DER
EBAY DELUXE TRICK * DER BETTENKAUF TRICK * DER POKER TRICK *
DER ANNA TRICK * DER MASKENBALL TRICK * DER EINKAUFS TRICK *
DER EX ONE NIGHT STAND TRICK * DER DJ KUMPEL TRICK * DER POR-
SCHE TRICK * DER BORDELL CASTING TRICK * DER BORDELL CASTING
DELUXE TRICK * DER SEXSHOP TRICK * DER STILLE TRICK * DER E-MAIL
TRICK * DER FACEBOOK PARTY TRICK * DER JOGGER TRICK * DER THER-
MEN TRICK * DER ROBINSON CLUB CAMYUVA TRICK * DER 25 ZENTIME-
TER TRICK * DER SALTO TRICK * DER TRAUM TRICK * DER COACHING
FÜR SINGLES BUCH TRICK * DER 5 DVDS ZUR AUSWAHL TRICK * DER
STRAPSE TRICK * DER MASSAGEKURS TRICK * DER VISITENKARTEN
TRICK * DER WITZE TRICK * DER TAGEBUCH TRICK * DER VIBRATOR
TRICK * DER SPIRITUELLE TRICK * DER TANZ TRICK * DER WELTREKORD
TRICK * DER POLEN TRICK * DER 10 MINUTEN TRICK * DER VERLASSE-
NEN TRICK * DER PFIFFIGE TRICK * DER SCHLAF MIT MIR TRICK * DER
SCHAUSPIELFREUNDIN TRICK * DER GANZKÖRPERMASSAGE TRICK * DER
FLOATING TRICK * DER ZUCKERWATTE TRICK * DER BUTLER TRICK *
DER KÄLTE TRICK * DER PROMIFOTO TRICK * DER STEWARDESS TRICK *
DER RETROSPEKTIVE TRICK * DER KUMPEL TRICK * DER CHEF TRICK *
DER KAJAK TRICK * DER SCHWESTER TRICK * DER WEIHNACHTSMANN
TRICK * DER PUTZFRAU TRICK * DER GESCHENK TRICK * DER SPRICH
MICH AN TRICK * DER SADOMASO TRICK * DER ZAHLEN TRICK * DER
SPEED-DATING TRICK

ISBN 978-3-8448-0574-1
Books on Demand

Buch-Tipps vom Womanizer

The Womanizer
Meine heißesten Sex-Abenteuer

The Womanizer präsentiert seine allerheißesten Sex-Abenteuer! Nach dem Erfolg seiner Bestseller „Ich, der Fremdgeher 1-6" ist dies ein weiteres Meisterwerk des Mannes, der über 1.500 Frauen im Bett hatte und als Casanova des 21. Jahrhunderts in die modernen Geschichtsbücher eingehen wird. Hierin schildert er seine geilsten Sex-Erlebnisse der letzten 10 Jahre seines aufregenden Lebens und Tuns: Barbara, Teresa, Mary, Iris, Tammy, Rimma, Caro, Lucy, Paula, Jenny, Gabi, Denise, Raliza, Katja, Angie, Anja, Jana, Celine und Alicia heißen die Damen, die The Womanizer für dieses Best of ausgewählt hat.

Jedes dieser Abenteuer zählt zu seinen Favourites. Tauchen Sie ein in die Welt und den Körper des Womanizers und erleben Sie mit ihm seine heißesten Sex-Abenteuer – live und hautnah, uncensored und geil, prickelnd und erlösend. Spüren Sie die Zärtlichkeiten, den Sex, die Erotik, die Lust und die Leidenschaft, die dieses Buch zu einem interaktiven Lesevergnügen machen. The Womanizer wünscht Ihnen viel Freude mit „Meine heißesten Sex-Abenteuer"!

ISBN 978-3-8448-1952-6
Books on Demand

Buch-Tipps vom Womanizer

The Womanizer
SEXSÜCHTIG!
(M)EINE FRAU IST NICHT GENUG

(M)EINE FRAU IST NICHT GENUG – das ist die Philosophie und das Lebensmotto des Womanizers! Nach vielen Bestseller-Büchern präsentiert der Playboy des 21. Jahrhunderts sein Werk „SEXSÜCHTIG!", in welchem er die wundervolle Beziehung zu seiner Ehefrau Andrea beschreibt und gleichzeitig über seine geilsten Seitensprünge intimst Auskunft gibt. Erfahren Sie mehr über den Mann, der schon über 1.500 Frauen im Bett hatte, und seine heißen Sex-Abenteuer mit Isabel, Simone, Carmen, Melly, Sandy, Samira, Michèle, Bianca, Lena, Silke, Lolita und Wendy.

Megaerotisch sind seine intimen Schilderungen von Liebe, Sex und Zärtlichkeit, Lust und Leidenschaft, Gier und Verlangen. (M)EINE FRAU IST NICHT GENUG – der Drang nach neuen Erfahrungen, nach jungen, schönen Körpern und tabulosen Mädels ist groß. Und die Mädels sind willig. The Womanizer nimmt sie gerne, aber nur die Besten! Und was die so alles können, erfahren Sie in diesem Buch!

ISBN 978-3-8482-0035-1
Books on Demand

Buch-Tipps vom Womanizer

The Womanizer
Sexy!
Memoiren eines Playboys

Tauchen Sie ein in eine Welt voller Lust, Leidenschaft, Sex und Erotik! The Womanizer präsentiert seine Memoiren und berichtet von seinen spannendsten Sex-Abenteuern mit blutjungen, bildhübschen 18-jährigen Mädchen bis hin zu 43-jährigen, reifen Damen. Sie alle sind ihm hilflos verfallen und finden einen Ehrenplatz in diesem Werk, das durch intimste Schilderungen und faszinierende Erlebnisse überzeugt.

„Sexy!" ist ein interaktives Lesevergnügen – der Womanizer erzählt seine Begegnungen hautnah und lebendig, als wären Sie persönlich dabei. Freuen Sie sich auf 24 Ladies und ihre Traumkörper, ihre Lust und Gier nach einem Mann, der sie glücklich macht. Anhand seiner orbitanten Leistungen ist The Womanizer zweifelsohne DER Playboy des 21. Jahrhunderts. Und nun viel Freude beim Lesen und Genießen dieses Buches!

ISBN 978-3-8482-0153-2
Books on Demand

Buch-Tipps vom Womanizer

The Womanizer
Verbotene Lust!
Sex ist mein Leben

In „Verbotene Lust!" führe ich Sie in meine geile Vergangenheit und präsentiere einige Raritäten und Perlen meiner sexuellen Lust. Da ich meine Abenteuer dokumentiere, weiß ich exakt Bescheid und kann detailgenau das schildern, was ich erlebe, wovon andere Männer nur träumen. Auch wenn diese Lust eigentlich „verboten" ist, so ist sie für mich normal. Ich sehe nichts Schlimmes daran, dass ich mich sexuell auslebe und mir meinen Spaß auch in anderen Betten hole. Ich verletze meine Ehefrau Andrea ja nicht, sie kennt halt nur nicht die volle Wahrheit. Und die wird sie auch nie erfahren.

Freuen Sie sich auf meine sexuellen Abenteuer mit der Therapeutin Silva, das Maskenball-Spektakel, den sensationellen Vierer mit Kylie, Nele und Helene, die Sex-Toy-Verkäuferin Cathy, die Praktikantin Kerstin, das 18-jährige Kindermädchen Magda, und auf vieles mehr. Sex ist mein Leben, daher werde ich stets die „Verbotene Lust" mitnehmen, leben und genießen, denn ich bin und bleibe The One & Only Womanizer!

ISBN 978-3-7460-4353-1
Books on Demand

Buch-Tipps vom Womanizer

The Womanizer
Meine besten Dreier
2 Ladies & The Womanizer

Was für viele Männer ein ewiger, unerfüllter Traum bleibt, ist für mich geile Realität: Der sagenumwobene flotte Dreier! Ach, wie oft schon habe ich 2 Frauen gleichzeitig im Bett gehabt und sensationelle Stunden mit ihnen erlebt. Wenn auf einmal 4 Hände und 2 Münder loslegen und ihr Bestes geben, dann sieht man die Sterne funkeln. Nach meinen Verkaufsschlagern „Ich, der Fremdgeher 1-6" sowie diversen Specials ist es an der Zeit, der großen Nachfrage gerecht zu werden und den Spot auf meine besten Dreier zu lenken. Hier gilt das Gesetz: Wenn ich Gruppensex habe, bin ich der einzige Mann! Platz für einen zweiten Mann gibt es nicht. Und die Frauen, mit denen ich es treibe, müssen hübsch und geil sein. Sexhungrig und offen für alles.

Wenn meine geschätzte Frau Andrea von meiner Dreier-Leidenschaft wüsste, würde sie mich umbringen. Nun ja, einmal hat sie ja selbst mitgemacht, mit der süßen Lena. Dieser ganz besondere Dreier wird ausführlich im Werk behandelt und erhält als Abschlusskapitel den Ehrenplatz. Aber sonst bin ich für Andrea ein liebender, treuer und einfach der perfekte Ehemann und Partner. Bin ich ja auch, bis auf das mit der Treue … Lassen Sie sich eines versichern: Wenn Sie bisher noch keinen Dreier mit 2 Frauen erlebt haben, dann haben Sie wirklich etwas Ultimatives verpasst!

ISBN 978-3-7528-3132-0
Books on Demand

Buch-Tipps vom Womanizer

The Womanizer
Geile 18
Jung, Schön, Sexy & Versaut

Die Zahl 18 ist eine magische, denn sie beschreibt die Eigenschaften, die mir an Frauen wichtig sind: Jung, Schön, Sexy und Versaut! Ich spreche von Göttinnen, die soeben die Grenze vom Mädchen zur Frau überschritten haben und sich in einem überaus reizvollen Alter befinden. Wenn ein Mädchen endlich volljährig wird, steht sie mir offen. Yeah! Ihre süßen, noch mädchenhaften Rundungen, ihr faltenfreier Körper, ihr unschuldiger Blick – all das verführt mich ungemein. Noch mehr verführen mich die 18-jährigen Luder, die es darauf anlegen. Die um geilen Analsex betteln, Fesselspiele beherrschen, Sperma genüsslich schlucken und genau wissen, wie sie mich befriedigen können. Die mit 18 bereits alle Tabus abgelegt haben, um im Bett ihre und meine Erfüllung zu erleben.

Als Mann Ende 30, mit der tollen Andrea verheiratet und Vater zweier wundervoller Kinder, als renommierter Produzent und Gutverdiener, ist es mir eine Ehre, auch heute noch mir das zu holen, was ich will. Sexuell. In meinem Leben habe ich bereits über 1.500 Frauen im Bett gehabt, davon waren sicher 100 dabei, die Sweet Little Eighteen waren. Aufgrund großer Nachfrage habe ich meine besten sexuellen Erlebnisse mit 18-jährigen Girls zusammengestellt. Und dabei festgestellt: Ein Buch reicht dafür nicht aus! Daher kündige ich jetzt schon eine Fortsetzung dieses Werkes an.

ISBN 978-3-7528-8060-1
Books on Demand

Buch-Tipps vom Womanizer

The Womanizer
Supergeile 18
So Jung, Schön, Sexy & Versaut

18 ist eine magische Zahl, denn sie beschreibt die Eigenschaften, die mir an Frauen wichtig sind: So Jung, Schön, Sexy und Versaut! Die Rede ist von Göttinnen, die soeben die Grenze vom Mädchen zur Frau überschritten haben und sich in einem überaus reizvollen Alter befinden. Wenn ein Mädchen endlich volljährig wird, steht sie mir offen. Yeah! Ihre süßen, noch mädchenhaften Rundungen, ihr faltenfreier Körper, ihr unschuldiger Blick – all das verführt mich ungemein. Noch mehr verführen mich die 18-jährigen Luder, die es darauf anlegen. Die um geilen Analsex betteln, das Fesselspiel beherrschen, Sperma schlucken und genau wissen, wie sie mich befriedigen können. Die mit 18 bereits alle Tabus abgelegt haben, um im Bett ihre und meine Erfüllung zu erleben.

Als Mann Ende 30, mit der tollen Andrea verheiratet und Vater zweier wundervoller Kinder, als renommierter TV-Produzent und Gutverdiener, ist es mir eine Ehre, auch heute noch mir das zu holen, was ich möchte. Sexuell. In meinem Leben habe ich bereits über 1.500 Frauen im Bett gehabt, davon waren sicher 100 dabei, die Sweet Little Eighteen waren. Aufgrund der großen Nachfrage habe ich meine besten sexuellen Erlebnisse mit 18-jährigen Girls zusammengestellt. Doch: Ein Buch reicht dafür nicht aus! Dies ist Teil 2, die Fortsetzung von „Geile 18"! Auf geht´s in einen supergeilen Liebesstrudel, denn sie sind So Jung, Schön, Sexy und Versaut!

ISBN 978-3-7528-2472-8
Books on Demand

Buch-Tipps vom Womanizer

The Womanizer
Meine aufregendsten One Night Stand
Frauen, die ich nie vergessen werde

Sex ist mein Leben! Über 1.500 Ladies zwischen 18 und 50 habe ich bisher im Bett gehabt. Als liebevolle Mutter meiner Kinder ist meine langjährige Partnerin und Ehefrau Andrea immer noch meine absolute Traumfrau, der Sex mit ihr ist toll. Dennoch, glücklich in Beziehung und erfolgreich im Beruf, wie ich es bin, brauche ich die Abwechslung im Bett. Damit meine ich aber nicht die Bettwäsche, sondern Damen. One Night Stands sind ein probates Mittel, um unverbindlich und fröhlich sein Vergnügen zu erzielen. Viel einfacher als eine Affäre.

Ich bin ein Profi, was One Night Stands angeht. Zu viele habe ich schon erlebt und erlebe sie weiterhin, dass ich genau weiß, wie ich eine Frau, die ich geil finde, in mein Bett und von ihr heißen Sex bekomme. Für dieses Best of habe ich mich für die aufregendsten One Night Stands meines Lebens entschieden, mit Frauen, die ich niemals vergessen werde. Lassen Sie sich inspirieren von meinen Taten, tauchen Sie ein in den Körper des Womanizers, und ab geht die Bett-Post!

ISBN 978-3-7528-4102-2
Books on Demand

Buch-Tipps vom Womanizer

The Womanizer
Meine aufregendsten One Night Stand 2
Frauen, die ich niemals vergesse

Sex ist mein Leben! Über 1.500 Ladies zwischen 18 und 50 habe ich bisher in meinem Bett gehabt. Als liebevolle Mutter meiner beiden Kinder ist meine langjährige Partnerin Andrea immer noch meine absolute Traumfrau. Dennoch, glücklich in Beziehung und erfolgreich im Beruf, wie ich es nun mal bin, brauche ich ständige Abwechslung im Bett, und damit meine ich nicht Bettwäsche, sondern Damen. ONS, One Night Stands, sind ein probates Mittel, um unverbindlich sein Vergnügen zu erzielen. Viel einfacher als eine Affäre.

Ich bin Profi, was solche One Night Stands angeht. Zu viele habe ich schon erlebt, dass ich genau weiß, wie ich eine Frau, die ich supergeil finde, ins Bett und von ihr Sex bekomme. Für dieses Best of habe ich mich für die aufregendsten ONS meines Lebens entschieden, mit Frauen, die ich niemals vergesse. Ich wünsche Ihnen Freude beim interaktiven Studieren meiner geilsten One Night Stands Teil 2!

ISBN 978-3-7460-4936-6
Books on Demand

Buch-Tipps vom Womanizer

The Womanizer
In MILF Paradise
Extravagante sexuelle Erlebnisse mit scharfen Müttern

MILF (Mothers I´d like to fuck) sind etwas Exklusives, denn sie sind sexy, rattenscharf und geil. Ich habe in meinem Leben bereits über 1.500 Frauen im Bett gehabt, Dutzende waren horny MILF. Viele davon verheiratet, einige Single. Die jüngste MILF war 18, die älteste 47. In diesem Werk habe ich meine extravagantesten sexuellen Erlebnisse mit ebendiesen lasziven Müttern und Kindshüterinnen zusammengestellt. Meine Frau Andrea ist nach wie vor unwissend meines wilden Treibens. Ihr bin ich der perfekte Gatte und liebevolle Vater unserer 2 Kinder.

Doch so sehr ich meine Frau liebe, treu sein kann und will ich ihr einfach nicht. Dieses Projekt „In MILF Paradise" entstand durch mein sensationelles Erlebnis mit Kollegin Nina, 23-jährige Mutter des kleinen Anton (2). Nina war der helle Wahnsinn! Ihr gebührt daher auch der Startplatz. Freuen Sie sich auf meine geilsten Affären mit MILF-Mothers, die auch Sie sofort nehmen würden. Ich wünsche Ihnen viel Freude und Anregung beim Lesen!

ISBN 978-3-7481-9116-2
Books on Demand

Buch-Tipps vom Womanizer

The Womanizer
Besiegt, Erobert & Geliebt
Wie ich Frauen über Wetten zum Sex bekomme

„Wetten, dass..?" – Wer kennt sie nicht, die einzigartige ZDF-Samstagabendshow, die 35 Jahre lang die Welt erfüllte. Spektakuläre Wetten wurden durchgeführt. Wetten spielen auch in my life eine große Rolle. Ich wette sehr gerne! Weil ich dadurch schon viele Frauen rumbekommen habe. In vorliegendem Werk habe ich meine heißesten Sexgeschichten zusammengestellt, die ich mir erspielt habe. „Besiegt, Erobert & Geliebt" lautet diesmal das Motto. In der Regel bekomme ich Frauen auch so.

Über 1.500 habe ich bereits im Bett gehabt, bald knacke ich die 2.000. Einige von ihnen musste ich aber ein wenig überzeugen, es mit mir zu tun. Und hier kommen die Wetten ins Spiel. Man muss Frauen nur eine reizvolle Wette anbieten, mit einem Gewinn für sie. Man muss sie auch am Ego packen. 7 geniale „Besiegt, Erobert & Geliebt"-Erlebnisse warten hier auf Sie. Diese sollen Sie inspirieren und Ihnen zeigen, welche Tricks mir halfen, die Nuss doch noch zu knacken.

ISBN 978-3-7528-9408-0
Books on Demand

Buch-Tipps vom Womanizer

The Womanizer
Meine wildesten Erlebnisse
Wenn Fantasien Wirklichkeit sind

Der Womanizer ist back, mit seinen wildesten Erlebnissen im Gepäck. Wir blicken auf Highlights meiner Laufbahn. Yasmin, die als Teenager in mich verliebt war. 20 Jahre später kommt es zur Reunion. In Irland hatte ich in 14 Tagen 3 Frauen. Meine Ehefrau Andrea war früher auch nicht so ohne: Was ich in ihrer „Magic Box" fand, war sehr brisantes Material. Ich interessierte mich für die hübsche Sex-Workerin Agnes, doch es kam anders. Dann Tinder: Janka war eine krasse Lady mit speziellen Vorlieben.

Und was ich mit meiner älteren Schwester erlebt habe, sollte ich besser für mich behalten. Ich bin ein Fan von erotischen Massagen. So gerne genieße ich dort eine schöne Stunde. Als Blue Man Sex zu haben, wer kann das schon von sich behaupten? Dann darf die 19-jährige, süße Quirina nicht fehlen, die Tochter meines Ex-Chefs. Es sind 112 Seiten Erotik und wilde Erlebnisse, die Sie anregen sollen, es mir gleich zu tun. Let´s enjoy life!

ISBN 978-3-7504-9750-4
Books on Demand

Buch-Tipps vom Womanizer

The Womanizer
AusgeSEXt
Das Ende meines Glücks?

Ist dies das Ende des Womanizers? Meine geliebte Ehefrau Andrea hat mich rausgeschmissen und verlangte eine Auszeit. Ich organisierte mir eine Mietwohnung und ließ es trotzdem krachen. Gott sei Dank nahm mich Andrea ein halbes Jahr später wieder zurück. Glück gehabt! Während dieser heiklen Phase poppte ich so einiges: Daphne (18) hatte sich über den gefürchteten Wendler-Komplex in mich verliebt. Mit ihren sexy Schulfreundinnen vernaschte sie mich mehrmals. Heidi war nicht nur meine Immobilienmaklerin, sondern auch eine gute Gespielin im Bett. Der sexuell blockierten Maren erteilte ich Lektionen in Lust und Leidenschaft.

Die reizvolle Tattoo-Lady Jackie (34) verführte mich mit ihrem Körperschmuck. Cornelia und Leonie angelte ich mir für einen flotten Dreier und mehr. Sonja war für mich unerreichbar, also trickste ich und machte sie gefügig. Käuflich bin ich nicht, das musste die erfolgreiche Geschäftsfrau Laetitia erkennen. Statt meiner Firma ließ ich sie etwas anderes schlucken. Mein Business-Trip nach Holland brachte mich mit Susanna zusammen. Eines steht fest: AusgeSEXt habe ich noch lange nicht!

ISBN 978-3-7494-3471-8
Books on Demand

Buch-Tipps vom Womanizer

The Womanizer
Der frühe Vogel fängt den Wurm
Sweet Memories

Wer ein Womanizer werden will, muss früh beginnen. In diesem Special widme ich mich einigen meiner frühen Abenteuer. Ich stelle Rali vor, mit der ich meinen ersten Sex hatte. Die scheue Flavia weihte ich in die Liebeskunst ein. Gleichzeitig genoss ich ein heißes Programm mit ihrer älteren Schwester Franzi. Während meiner Abiturzeit ließ ich es richtig krachen. Ich vögelte mit meiner sexy Sportlehrerin Sarah.

Bei den Bayerischen Meisterschaften in Badminton legte ich die Dorothea und auch Rebecca H. flach. Die bilderbuchhübsche Susanne bekam ich über Chloe. Aus einer vertrauensvollen Bruder-und-Schwester-Beziehung mit Jasmin wurde inniger Sex. In Irland nahm ich Pippa, Emma und Teamleiterin Becky. Auf einem Musik-Festival genoss ich mit Natascha und Doreen einen lustvollen Dreier. Meine schicke Nachbarin Juli hasste mich zuerst, doch dann liebte sie mich, da ich ihre Probleme löste. Genießen Sie diesen Einblick in meine extravagante Jugendzeit!

ISBN 978-3-7519-8008-1
Books on Demand

Buch-Tipps vom Womanizer

The Womanizer
Der Robinson-Playboy
Von blauen Männern und heißen Girls

Bevor ich meine Frau Andrea kennenlernte, zelebrierte ich mein Leben als Animateur im Robinson Club Soma Bay. Dieses Buch enthält meine geilsten sexuellen Abenteuer aus meiner Studenzeit und aus meinem Auslandsaufenthalt im Paradies. Wir starten mit der süßen Julia, die bis heute einen speziellen Platz in meinem Herzen hat. Die hübsche Lesbe Alice war in unserer Sportgruppe und wollte einen Mann ausprobieren. Soma Bay: Im Kicker-Duell erspielte ich mir Sex mit Tanz-Choreo Anush. Meine 28-jährige Teamchefin Ronda war eine top Beach-Volleyballerin, doch ich war besser. So musste sie mich erotisch massieren.

Zwaantje war Kickboxerin. Als Special Guest prügelte sie Gäste durch ihre Kurse, im Bett konnte sie sehr zärtlich sein. Quirina war Clubchef Uwes Tochter. Ein hübsches Ding! Die 19-Jährige verliebte sich in mich und ich erlebte mit ihr äußerst innige Tage. Als Blue Man Sex zu haben, ist etwas Exklusives. Blaue Ficks entstanden. Zurück in Deutschland nervte mich Nachbarin Ariel, doch aus dem Langstrumpf-Pippi-Verschnitt wurde ein so sexy Girl. Viel Freude mit blauen Männern und heißen Girls!

ISBN 978-3-7494-3318-6
Books on Demand

Buch-Tipps vom Womanizer

The Womanizer
Hot Business 1
Hübsche Kolleginnen sind gute Kolleginnen

Seit über 20 Jahren arbeite ich als TV-Produzent. Vom Mitarbeiter zum Big Boss. Ich bin schon 17 Jahre mit meiner heutigen Ehefrau Andrea zusammen und habe 2 tolle Kinder mit ihr. Und trotzdem habe ich sie unzählige Male sexuell betrogen. Still going on. „Hot Business" ist eine Serie über meine heißesten Sex-Abenteuer mit so sexy Kolleginnen, Praktikantinnen und Geschäftspartnerinnen. Dies ist Band 1. Isabel war die Erste. Melly wurde zur Affäre. Sandy ein Luder der Basic-Instinct-Sorte.

Linda eine mächtige Instanz, die mich nach dem Bettspiel abservierte. Ich rächte mich. Joanna war für unsere Webseite zuständig, doch sie widmete sich auch meinen intimsten Bedürfnissen. Nancy war dumm, aber gut im Bett. Silke verhütete, auf einmal war sie schwanger. Ich musste handeln. Lucy zelebrierte ein Praktikum der besonderen Art. Mary und Iris vögelte ich in Dänemark. Das Wiedersehen mit meiner Jugendliebe Raliza auf Businessebene war sehr versaut. Mein geiles Motto: Hübsche Kolleginnen sind gute Kolleginnen!

ISBN 978-3-7519-8942-8
Books on Demand

Buch-Tipps vom Womanizer

The Womanizer
Hot Business 2
Wenn die Arbeit zum Vergnügen wird

Seit über 20 Jahren arbeite ich als TV-Produzent. Vom Mitarbeiter zum Boss. Ich bin schon 17 Jahre mit meiner Frau Andrea zusammen und habe 2 tolle Kinder mit ihr. Trotzdem habe ich sie unzählige Male sexuell betrogen. Still going on. „Hot Business" ist eine Serie über meine heißesten Abenteuer mit sexy Kolleginnen, Praktikantinnen und Geschäftspartnerinnen. Dies ist Band 2. Das Wiedersehen mit Lucy gipfelte in einem Dreier mit Paula. Eva war Ü40, aber auch Ü-heiß. In Amerika erlebte ich krasse Abende in einer Glory Hole Bar.

Ella (28) wurde zu einer sweeten Affäre. Japse Aiko hatte noch nie eine deutsche Banane – dann kam ich. Mit Sabrina erlebte ich scharfen Sex, mit der dunklen Shari käuflichen. Kerstin war mit das geilste Mädel in meinem Bett. Larissa ein ONS. Ich verführte Kamerafrau Janine, obwohl sie mit Peer zusammen war. Sonja war ein eigener Fall. „Hot Business" habe ich diese erotische Buch-Reihe genannt, getreu meinem Motto: Wenn die Arbeit zum Vergnügen wird!

ISBN 978-3-7519-9979-3
Books on Demand

Buch-Tipps vom Womanizer

The Womanizer
Hot Business 3
Traumfrauen gibt es in jeder Firma

Seit über 20 Jahren arbeite ich als TV-Produzent. Vom Mitarbeiter zum Big Boss. Ich bin schon 17 Jahre mit meiner heutigen Ehefrau Andrea zusammen und habe 2 Kinder mit ihr. Trotzdem habe ich sie unzählige Male sexuell betrogen. Still going on. „Hot Business" ist eine Serie über meine heißesten Sex-Abenteuer mit Kolleginnen, Praktikantinnen und Geschäftspartnerinnen. Dies ist Band 3. Anastasia war die perfekte Frau. Kylie, Nele und Helene vernaschten mich zu dritt. Sophie, die Königin der Füße. Juliette und Olga kämpften um mich, dann teilten sie schwesterlich. Moderatorin Anna-Christina wollte mich in unter 5 Minuten glücklich machen.

MILF Nina (23) war mehr als eine Angestellte. Chiara gewann ich durch ein Trick-Spiel. Evelyn tat ALLES für den Erfolg ihrer Tochter. Meine Ex-Chefin Becky wurde schwach. Laetitia wollte meine Firma, doch sie bekam etwas anderes. Lady Susanna führte mich in härtere Sphären ein. Die Abenteuer mit der Tattoo-Frau Jackie sind legendär. „Hot Business" habe ich diese erotische Buch-Reihe genannt, denn: Traumfrauen gibt es in jeder Firma!

ISBN 978-3-7526-0883-0
Books on Demand

Buch-Tipps vom Womanizer

The Womanizer
Gelegenheit macht Liebe
Ein Abenteuer kommt selten allein

Ein Abenteuer kommt selten allein. Zumindest für den, der fleißig danach sucht. Und genau das tue ich. Ich, der Womanizer, der schon über 2.000 Frauen im Bett hatte und noch längst nicht genug hat. In den letzten Monaten war ich äußerst aktiv. Okay, ich bin verheiratet und habe Kinder. Ich führe eine Familie. Und doch: Das alles ist mir nicht genug. Ob ich meine Andrea betrüge? Ja. Aber nicht wirklich, schließlich finanziere ich uns allen ein geiles Leben. Ich schufte viel und treibe das Geld ein. Da darf man sich auch mal was gönnen. Während sich andere ihren vierten Porsche kaufen, stecke ich mein Geld lieber in die Betten anderer Frauen.

In diesem Buch nehme ich Sie mit nach Amerika, wo ich ein heißes Abenteuer mit Geschäftsfrau Harper hatte. Welche Rolle dabei die Diven Grace und Eleanor spielten? Lassen Sie sich überraschen! Manchmal allerdings hilft nicht einmal der größte Charme, eine Frau gefügig zu machen. Doch bares Geld macht alle Frauen schwach! Die blutjungen und bildhübschen Nele und Xandra musste ich bezahlen, aber es lohnte sich sowas von. Marlene lernte ich im Fußballfieber kennen, nach dem Abpfiff durfte ich einlochen. In Schottland hatte ich Sex mit 9 Frauen gleichzeitig. Rockige Erinnerungen gebe ich ungefiltert an Sie weiter ebenso wie aktuelle News: Ich bin zum 3. Mal Daddy geworden. Aber meine Andrea ist nicht die Mutter von Niklas. Männer, denkt daran: Gelegenheit macht Liebe, also nutzt sie!

ISBN 978-3-7557-2624-1
Books on Demand

Buch-Tipps vom Womanizer

The Womanizer
Eine Affäre macht noch keine Liebe
Oder doch?

Eine Affäre macht noch keine Liebe. Oder doch? Seien wir ehrlich: Ich bin ein toller Ehemann, Vater, Firmenchef, Liebhaber, Seitenspringer. Treue ist etwas Glitschiges, das so keine Bedeutung für mich hat. Emotionale Treue ja, aber körperlich muss ich mich austoben. Und das geht nicht nur mit einer Frau. Ja, ich spreche von Andrea, meiner großen Liebe. Wenn sie wüsste, was ich alles treibe. Zum Glück weiß sie es aber nicht ... oder vielleicht bald doch? Denn ich habe festgestellt, dass der Satz „Eine Affäre macht noch keine Liebe" solange Gültigkeit hatte, bis Susi in mein Leben kam. Die verstörte, von ihrem Ex gepeinigte, zierliche Schönheit hat mein Leben verändert. Ich habe mich total in sie verliebt. Ist mir schon mal passiert, mit Melly. Damals konnte ich noch die Kurve kratzen. Doch diesmal ist es viel schwieriger. Soll ich Andrea und meine Kinder verlassen? Oder meine zweite Liebe Susi verabschieden? Jene heikle Frage dominiert dieses Buch.

Aber es gibt noch mehr Geiles aus meinem Leben, z.B. meine Besuche bei Sexualtherapeutin Juna, die für mich, um eine korrekte Diagnose zu stellen, sämtliche Tabus brach. Letzten Endes landeten wir in der Kiste. Spooky waren die Erlebnisse, die ich mit Sexarbeiterin Alexis hatte. Hier versagte der Womanizer auf ganzer Ebene. Ich konnte einfach nicht kommen, weil sie mich immer so durchdringend anstarrte. Und das war nicht meine einzige Niederlage. Aber auch andere mussten Niederlagen einstecken, die ich ihnen beibrachte, z.B. Ahmed und Osama. Dafür bekam ich ihre Frauen. Auch Zuhause war einiges los: Andrea überraschte mich mit einem flotten Kurzhaarschnitt. Neuer Haarschnitt, neue Frau. Ja, ich hatte meinen Spaß!

ISBN 978-3-7557-5822-8
Books on Demand

Buch-Tipps vom Womanizer

The Womanizer
Meister der Technik
Der Griff in die Trickkiste

Ich bin ein Meister der Technik. Beruflich wie privat, vor allem im Bett. Als Künstler habe ich mir hier einen exquisiten Ruf erarbeitet. Doch der größte Meister aller Technik ist der Womanizer: Das revolutionärste Sex Toy, das alle Frauenherzen glücklicher schlagen lässt. Der Erfinder dieser Zaubermaschine ist der Obermacker! Dieses Buch ist dem Wunderwerk der Technik gewidmet. Was im Bett alles mit Hilfsmitteln möglich ist, habe ich gebender sowie empfangender Weise erfahren, von den klassischen Vibratoren, Rabbits, anderen Tools bis zum Womanizer. Begonnen hat alles mit meiner Frau Andrea. Ihr schenkte ich ihren ersten Womanizer. Seitdem sind es einige mehr geworden. Dieser Meister der Technik hat ihr Leben, damit auch unser gemeinsames Sexleben verändert. Es war vorhin schon geil, aber jetzt ist es der Wahnsinn.

Selbst Frauen mit Orgasmusproblemen schwören auf den Womanizer. Er ist die ultimative Lustmaschine, kann unendlich viele Höhepunkte schenken, ohne zu überreizen. Nicht nur Andrea verwöhne ich damit, auch andere Frauen. Für meine außerehelichen Abenteuer habe ich immer eine Zweitversion dabei. So nehme ich Sie mit auf die Reise zu Verkäuferin Cathy, die mich mit dem Twin Charger verführte, zu Stewardess Denise, der ich auf die Schliche kam, zu Alexandra, die elektrisch ganz anders konnte, zu Geschäftsfrau Beate, die heiße Whirlpoolspiele bevorzugte, zu USA-Sweetie Ella, die fast durchdrehte, zu MILF Charlotte, die ihre Erfüllung fand, auch zur luderhaften Xandra, die für Geld alles mit sich machen ließ.

ISBN 978-3-7543-4242-8
Books on Demand

Buch-Tipps vom Womanizer

The Womanizer
Die Sandkastenfreundin und andere Abenteuer
Was sich liebt, das küsst sich

Was sich liebt, das küsst sich. Das ist die Wahrheit. Der Womanizer liebt viel(e) und küsst somit auch viel(e). In diesem Werk stelle ich Ihnen meine Sandkastenfreundin Lotti vor, mit der ich eng befreundet bin. Wir lieben uns sehr, haben nie miteinander geschlafen, aber heißes Petting war erlaubt. Das waren zauberhafte Momente! Dass man Spaß auf dem Zahnarztstuhl haben kann, beweise ich. Die klassische Zahnbehandlung von Frau Dr. Nora ist damit natürlich nicht gemeint, ich bin ja kein Maso. Was Nora mit mir auf dem Weißen Stuhl angestellt hat, ist jede Sünde wert. Mein Sohnemann John Paul wird langsam erwachsen und vögelt bereits seine ersten Freundinnen. Daddy nimmt sich die Mütter vor. Sogar JPs Sportlehrerin Frau Luckera will dran glauben. Die athletische 29-Jährige zeigte sich zuerst unfreiwillig meinem Sohn nackt, dann freiwillig mir. Wir kamen uns in der Sauna näher und vögelten uns einige Male das Hirn raus und wieder rein.

Auf der Businessmesse wurde ich zum Messeständer. Die 24-jährige Hostess Valentina war mir 600 Euro wert, dafür bekam ich alles, was ich wollte. Und ich wollte viel! Johanna war die Friseurin, die mehr konnte. Sie schnitt mein Haar besonders schön, hatte aber auch Talent zum Modeln. Ich engagierte sie und schoss ihr für Gegenleistungen Extraprämien zu. Besiegt & so sexuell erobert habe ich viele Frauen. Im Buch stelle ich Mariella und Anush vor, die beide gegen mich verloren und mir dadurch kurzfristig gehörten. Lernen Sie von meinen Abenteuern und erfüllen Sie sich, ebenso wie ich, all Ihre sexuellen Träume!

ISBN 978-3-7578-1503-5
Books on Demand

Buch-Tipps vom *Womanizer*

The Womanizer
Die Braut, die sich alles traut
Naughty Games

Meine Bilderbuch-Ehe mit Andrea ist aus und vorbei. Wir sind getrennt. Der neue Weg heißt Anja. Ich lernte die Traumfrau in einer Therme kennen. Sie ist 20 Jahre jünger als ich, so what! Sie gibt mir alles, was ich mir wünsche, ist bildhübsch und vertraut mir. Ein neues Leben beginnt. Naughty Games spielte Ena, nicht nur mit mir. Bei Robinson waren wir alle in sie verschossen, doch sie drehte den Spieß um und veranstaltete einen Wettbewerb, bei dem es nur 1 Sieger gab, der den Hauptpreis bekam. Sagen wir es so: Die Jungs haben ihr Bestes gegeben. Me won! Ich präsentiere den Milking-Table-Club. Mit ihm mache ich Millionen und komme auf meine Kosten. Merke: Abmelken ist nicht nur für Bullen geil.

Amira heißt die Braut, die sich alles traut. Die Schönheit heiratete meinen Kumpel Richard. Auf der Feier soff sie, Richard bat mich, mich liebevoll um sie zu kümmern. So verbrachte Amira ihre Hochzeitsnacht mit mir. Im „Wanderer" gehe ich gerne Kegeln, lande aber mit den zuckersüßen Kellnerinnen Carla und Susan in der Kiste. Die hilfsbereite Krankenschwester war mein Glücksfall, sie half bei der Spermaabgabe. Adele rammte mir den Ellenbogen in den Magen, später liebkoste sie den Schmerz weg. Im Saunabereich bewerteten wir Frauen- und Männerkörper, bis uns klar wurde, dass wir an diesem Tag füreinander bestimmt waren. Saunaanimateurin Joy heizte mir nicht nur bei ihren Aufgüssen ein, während das Zimmermädchen das Mütze-Glatze-Spiel beherrschte. 6 Frauen in 14 Tagen griff ich bei Robinson ab, wo ich auch meiner Chefin Lucinda Erste Hilfe leistete. Und dann sind da noch die „Power Moments"!

ISBN 978-3-7578-0743-6
Books on Demand